も、戦場を駆けるための姿へと移りゆく。
る髪は、わずかに青みがかった氷河の色。
った頭飾りには、妖精を思わせる羽根飾り。
白糸にて編まれた滝のように溢れ出て。
描く胸を覆うのは、真珠の蒼色をした胸甲。
秘めた四肢にも、光り輝く手甲脚甲を纏い。
った、長いスカートを夜空になびかせて。

目次

極光のロマンティア
Northern lights Romans-tears
「さあ、もう一度恋をしましょう」と戦乙女はささやいた

極光のロマンティア

Northern lights Romans-tears

「さあ、もう一度恋をしましょう」と、戦乙女はささやいた

著者：寺田とものり

イラストレーター：みよしの

プロローグ

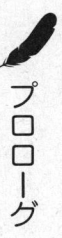

鉛の色は、低くたゆたう空の色。

雪の名残が白く濁った氷となって残る、凍土の平原にひとり。

王は……。

深いまどろみの海をたゆたっていた。

南から来た詩人は、海を母と謳《うた》うが、あれは嘘だ。

海は空よりもなお鈍色《にびいろ》で、より重い鉛の澱《おり》のわだかまりだ。もしも詩人の語る南方の海原が命を抱く羊水《ようすい》というなら、この大地を囲む絶海はきっとそれとは別の物なのだろう。

なぜなら王の知る海は、全てを飲み込むべく口を開けた冥府の沼であり、ゆえにそこにある命は飲み込まれた者のなれの果てだからだ。

海とは死。ゆえに生きとし生けるものは海に死に、魚となり、海豹《あざらし》となり鯨となって人に喰《は》まれ、また陸への回帰を果たす。

それが、この大地の永劫輪廻の法則。

神々すらも、輪廻の環から外れることはかなわず。

ただひと握り、英雄と認められた戦士《エインヘリヤル》の魂のみが永遠を得ることを許され。しかし彼らでさえ、悠久の時を戦い暮らし続けなければいけない宿命なのだと。

滑稽な、と、そう思う。

そんなまどろみの中……。

「愛しい人」

輪廻の海へと沈みかけた意識に、遠く声が届く。

呼ぶ声に目蓋《まぶた》を開けば、そこには見慣れた娘の顔があった。

白い、肌理《きめ》細やかな、透き通る肌の色も。

陽の煌めきを鋳込《いこ》んだ氷を梳《くしけず》ったような、光輝く黄金の髪も。

長い睫《まつげ》に縁取られた翠色の瞳も、細く通った鼻筋も、その下でやわらかな弧をもって笑みをたたえる唇も。

すべてが、かつては愛した恋人であり、今は愛する妻となった王女の形だった。

王女……愛しい姫は、戦場にいどむ者の鎧をまとった勇ましくも美しい姿で、地面に横たわる王の顔をのぞき込んでいた。

なぜこんなところに……などという疑問はない。

王宮で待つはずの彼女がここにいる理由はたったひとつ。

戦女神たる性《さが》を持つ彼女が、その姿をしているということは……。

その意味するところを受け入れ、王は笑みを浮かべた。

「おはようございます、我が王」

彼女の唇が紡いだのは、鎧を纏《まと》って言うにはそぐわない、当たり前の目覚めの挨拶だった。

王も当たり前に「おはよう」と応じて、そして思ったままを口にした。

「眠るというのは、死ぬことと同義だね」

やくたいもないつぶやきを耳にした彼女は、不思議そうな顔で小首をかしげてみせる。

その仕草があまりに愛らしくて、それで王は、彼にしては珍しく、口にした言葉の意味をつまびらかにする気になる。

その意味するところは……。

「見慣れたはずのきみの姿に、目覚めるたびに恋をする」

だから、眠りは死のようなもので、目覚めは生まれ変わることと同じ新鮮さを持つのだと。

愛しい娘の白い肌が、さっと紅潮した。

王の顔をのぞき込んだまま、彼女は目をそらすこともできずに、硬直してしまっていた。

「ば、馬鹿ですあなたは……」

彼女はやっとのことで、それだけを口にする。

すねたように頬を染めてはにかむ姿は、いつまでも可憐さを失うことのない、出会った日のままの彼女だった。

やがて。

王が苦笑をにじませ。

姫も、ふっと表情をやわらげる。

「それならば、わたしにも」

言いたいことがあるのだと。

「あなたは知らないかもしれませんけれど」

双丘《そうきゅう》のふくらみをかたどった鎧の胸元に掌をあて、夢見るように目蓋をとじて、

「わたしは、まばたきをするたび、初恋のときめきを感じるのですよ」

目を笑みに細め、そう、言ったのだった。

……なるほど、効果的な反撃と言えるだろう。

瞳に映る色を人が同じ名で呼んだとしても、それぞれが本当に「同じ色あい」を見ているのか否かわからないように、誰かを愛しいと思う気持ちが、本当にそれぞれ同じ意味を持つとは限らない。

それでも今は、そんな曖昧《あいまい》な「愛しさ」という言葉が、なによりも確かに強く互いをつないでいると、王にはそう信じられるのだった。

しかしそんな触れあいも時間切れだと、娘の掌が、慈しみをもって頬をなでる。

「さあ愛しい人、こんな場所で寝ておられては、風邪をひかれますよ」

「そうだね……そろそろ行かねばならないね」

「我が王……」

「我を、君の父の許《もと》へと連れて行くのかい、戦女神《ワルキューレ》」

娘は……愛する姫は頭を左右に振り、その瞬間はじめて笑顔を崩して、その瞳に、胸に秘めていた悲しみの彩《いろ》をあふれさせ、宿らせたのだった。

王と呼ばれる身、彼の者の胸には、槍。

戦においていまだ不敗の王は、此度の戦においても敗北を知ることはなく。しかして彼の国に勝利をもたらしたその身は九本の槍を受け、槍は、王の命をすでにして奪い去っていた。

「王よ……」

姫は、問う。

「わたしは……わたしでは駄目なのでしょうか？ こうして死者の露に濡れそぼってしまったあなたを、あなた様の命を救うことはできないのでしょうか」

「泣く必要はないよ、我が傍らの姫。我はもう、嵐の父《オーディン》と向き合うに充分な栄誉を得た。それは戦列に迎えられる栄えよりなお価値のある誉れ。なぜなら、死した王たる我が傍らに、こうして美しくも愛しき南の黄金が……輝ける我が妻が、そなたがいるのだからね」

「はい……」

生まれ高き清らかな姫であり、また王神《オーディン》の娘であり戦女神でもある娘は、涙をにじませてなお微笑みを絶やすことなく、死せる王を見送る。

「ルーン。またいつか」

「探しに行きます、愛しい君」

「来世で」

「はい、来世で」

口づける。

そうして……。

唇が離れる瞬間を知ることなく、意識は闇に落ちるように——

†

——目を覚まし、また、神に抗おう——

†

——闇に落ちかけた意識に足下をすくわれる。

「またかよ……っ」

目眩《めまい》のせいで、盛大にバランスを崩してしまう。

運動靴のソールが制服のズボンの裾をひっかけて脚がもつれる、身体を支えきれずに思わずたたらを踏んでしまい、無様に倒れ込みそうになっていた。

門叶《とが》遙希《はるき》は、慌て、支えになるものをさがして手を伸ばす。しかしてそこは道の真ん中で、ゆえに周囲にはつかまるものなどなにもない。

なにもないはずなのだ。

はず……なのに伸ばした手の指先には、硬くて冷たい金属の感触があって、思わずそれに頼りたくなる。

しかし、遙希は知っている。

それをつかんでも、転倒をまぬがれることはできない。

なぜならばそこには何もないから。触れるのは幻覚……ではなくて幻の手触り、いわゆる幻触だということを知っているから、だ。

よろめきながら千鳥《ちどり》に無理矢理脚を動かす。ぶつかるようにして壁にもたれかかり、アスファルトの上に倒れ込まなかった幸運に感謝する。

そうして、冷や汗をぬぐいながら見上げた先……。

そこには、いつものように「オーロラ」があった。

比喩ではなく、オーロラ。

緑に寄った色合いでありながら虹色にゆらめく光のカーテン。天から垂れ下がったそれは長く地上にまで降り、視界を覆《おお》い尽くすように、広く薄く、しかし分厚くたゆたっている。

揺らめきが近すぎて、まるで月光射す水底にいるような風景だった。

――遙希は……子供の頃から、オーロラを見る。

だれも見ない、遙希だけが見るオーロラ。

わずかな目眩をともなう、虹色の光のカーテン。

「でも……」

荒い息をついて、無理矢理に呼吸をととのえようと努力をしてみる。

「いつもより……ひどいじゃないかよ……」

そう、今日のオーロラはいつになく色が濃く、いつになくひどい。それこそ年に一度あるかないかの強い目眩をともなうオーロラだった。

その上、あんなにもはっきりとした幻覚まで見るなんて、ほんとうにどうかしていると思う。

思い返す。

いつもならもっとぼんやりとした、それこそ遠い景色をわずか垣間見《かいまみ》たような……そんな印象が残るだけなのに、今日は声までが聞こえたような気がする。

そうだ。

よくはおぼえていないが、誰かが誰かの名を呼んでいた。誰かと誰かの大切な思い出のような……あの幻覚はそんなものだったような気さえするのだ。

確か、

「……ルーン……って」

幻覚の中の、「王」と呼ばれていた彼は、そう言っていた。

……ような気がする。

頭を振る。

気がつけば、目眩はおさまっていた。誰かが側にいたならば心配させてしまっただろうが、今日はひとりなので誰に迷惑をかけることもないのが救いだった。

だから、改めて呼吸を整えれば、これで全てが終わる……はずだった。

「なんで？」

なのに、目眩は去ったのに、虹色の光は消えていなかった。幼かったときは、この光を見ても目眩を伴うなんてことはなかったわけだから、目眩がなくなったからといって、オーロラが見えていることを特別不思議に思う必要もないはずなのだけど。

それでも、妙な胸騒ぎがする。

だって……。

目眩はないのに、指先が冷たい金属の感触に、まだ触れているのだ。


――つまり、終わっていない？


それを証明するように、オーロラが大きく揺らぐ。

光のカーテンの向こうに、影が見えた気がした。

気のせいではなく、間違いなく巨大な影。

その影は、徐々にこちらへと迫ってきていた。

光のヴェールが、向こう側から来訪者を迎えるようにふくらんでいく。ふくらんでいき、盛り上がり、割れる。オーロラという水面を割って、正体不明の化け物が目の前に姿を現す。

それは、現実を無視した光景。

それは、目の前の高みからこちらを見下ろす、異形《いぎょう》。

それは、血に濡れたように赤い甲冑。

それは、金属の鎧武者。

身の丈は多分……人の倍、といったところだろうか。物語に登場する怪物の大きさならば、三メートルと少しという数字は、さして大きく思えないかもしれない。

だが、それは知らないが故《ゆえ》の勘違いだ。人は、自分よりも十センチ身長の高い人が隣に立てば、それだけで巨人に見えるのだ。なのに相手は自分の倍以上。それが目の前に立つ様は、絶望感そのものがそこにいるのにほかならない。

後ずさりをしようとして、制服がなにかにひっかかる。ざらざらとしたコンクリのブロック塀にもたれかかったままであることに気づいた遙希は、塀から背中をはがそうとして、そこで足がすくんでいることに気がついてしまい……。

思わず顔を上に向け、そうして後悔した。

死の予感を連れてきたそれは、七色《オーロラ》の光を背に立っている。

その鎧は全身に戦国絵巻の甲冑のごとき板鎧をまとっている。狼を模した兜には月輪《がちりん》。胸元には鎧に埋め込まれたように、女性のレリーフが飾られ、力強く太い手足を構成するアウトラインは、これも女性をモチーフにしているような、柔らかな曲線で構成されていた。

人の頭ほどもある握り拳には、巨大な段平《だんびら》、すなわち大太刀が握られていて……。

その巨人の顔が、一歩を横に下がったこちらを追うように、動く。

見られていると感じた。いや、確実にその甲冑は、こちらを見ていた。

「おい、ちょっと待てって……」

まずい、と思う。

これが現実なのか夢なのかはさておき、この鎧武者からは明確な殺意を感じる。

夢だろうと思い至り、夢ならば大丈夫だと楽観しかけ、夢なら死んでも平気と誰が保証したのかと、気付き戦慄《せんりつ》する。

そう、目の前には死。

ここにあるのは、非現実的な光景で、命の危機で、そして残念なことに、遙希の本能に近い部分は、どうあっても逃げられないと悟ってしまっていた。

足は、ほとんど言うことをきかない。

ゆっくりと撥條《ばね》が蓄勢《力をたくわえ》するように、ぎりぎりと音を立てて、甲冑は大太刀を振り上げる。

そこから死へは、一瞬の出来事。

刃渡り二メートル。鋭すぎる刃を持った、そのうえあまりに重すぎる鉄塊が、容赦なく振り下ろされる。

むろん、避けられるはずなどない。

――しかし。

死は来ない。

鋭利な鉄塊が振り下ろされたのと、ふわり、と身体が宙を舞ったのは、ほとんど同時で。

遙希は、わずかな滞空の感覚の後、投げ出されて……アスファルトにはげしく尻餅をついていたのだった。

「え？」

思わず疑問が口をついて出て、それから生きているのだと気づく。

だから、目線の先でなにが起きているのかを、すぐには理解できなかった。

理解できたのは、たったひとつだけ。

そう、そこには……。


――女生徒が、いた。

すらりとした、背の高い女の子。

後ろ姿なのに、それなのに涼やかな貌《かお》をした美少女だとわかる、凛《りん》とした立ち姿で。

彼女は……。

振り下ろされた刃の目前、その中空に立っていた。

違う。

彼女は自らの身の丈よりも長い「銀色の槍」をアスファルトの地面に突き立て、その頂点につま先で立っていたのだった。

理解する。

あの一瞬で自分は救われたのだと。

振り下ろされた段平が遙希に届く間際、あの娘が自分をあの槍にひっかけてここまで投げ飛ばしたのだと。

その彼女は、槍の上から甲冑を見下ろしている。

長い、わずかに色素の薄い栗色の髪をした彼女は、遙希と同じ学校の制服を纏っていて。

なのに遙希には今、彼女に別の姿が重なって見える。

幻視は、彼女の本質を語る。

わずかに青みがかった白い髪は、どこまでも澄みきった氷の色。その髪は羽根飾りをあしらった、ユニコーンの形をした兜《しし》からあふれるように流れ出でて。

ふくよかな胸と、しなやかな四肢を覆う鎧は真珠の七色に輝き。深いスリットの入った長いスカートをオーロラのように風にたなびかせている。

それは戦場を睥睨《へいげい》する、戦女神の幻影。

美しい……

「ワルキューレ……」

思わず漏れた遙希のつぶやきに、槍の上の彼女がほんのわずか肩を震わせ、しかし、彼女はそれ以上の反応をすることなく、甲冑に言葉を投げる。

「その魂は、熟していない、そうわからない？」

端的《たんてき》すぎて彼女たち以外にはわからないのであろう言葉の直後。

たったそれだけで決裂が確定したのか、双方が、同時に動く。

――赤い巨人甲冑は、大太刀を引き抜いて勢いよく後ろへと振りかぶり。

――娘は足下の槍を引き抜きながら飛びすさり、着地と同時に地を蹴った。

危ないなどと、遙希が思う間もない。

ほんの一瞬の間に、甲冑の段平が三度、虹色の暴風を纏い振るわれ。長い髪の美少女は、槍を三本目の脚のように操り、軽やかに、舞うように三連撃を避け、躱《かわ》す。

その様はまるで、風に舞う木の葉を捕まえようとする手が空を切るがごとく。

何度振るわれても、烈風を薙《な》ぐ甲冑の刃は、槍の娘に届かない。

その戦いの中、踊るように刃を躱す娘の素顔が、わずか垣間見える。

想像を裏切ることなく、いや、後ろ姿から受ける印象よりも更に……舞う栗色の髪、その狭間にのぞく彼女の貌《かんばせ》は……怜悧《れいり》で、澄みきって、なお美しかった。

やがて、勝負は決する。

それまで一撃を繰り出すこともなく、ただ剣風を避けることに徹していた娘だったが、甲冑が焦《じ》れたように突き出した刃へと跳躍し、更に刃の先を蹴って、舞う。

空中でスケートのアクセルのように回転した彼女は、甲冑の胸元に埋め込まれた女性型のレリーフ……その肩へとつま先立ちで着地する。

そして。

手にした槍の切っ先を、甲冑の首と胴体を繋ぐ隙間にぴたり、と向ける。ほんの一瞬の攻防で彼女はそこへ一撃を突き込むべく狙いを定め終えていたのだった。

双方の動きが止まる。

娘は動かず……甲冑は動けない。

「退きなさい」

槍の娘の言葉に、甲冑は無言だった。

やがて、周囲のオーロラがふたたび色を濃くしはじめたのを確認すると、娘は甲冑の胸元から飛び降りる。負けを認めたのだろうか、赤い巨人甲冑は、娘に応じるようにして、舞台の袖へと引く役者のごとく光のヴェールの中に姿を消した。

娘はそれを見送ると、長い槍の切っ先をおろして地面に向ける。彼女が頭をひと振りすると、それだけで癖のない髪はさらりとまとまって整い、背に垂れた。

戦いは終わった……のだろう。派手な斬り合いなどはなかったが、娘がひとりで甲冑を圧倒し、退かせたのだ。

「助かった……」

地面に尻餅をついたまま、遙希はつぶやく。

気づけばオーロラは消え、指先から金属の冷たい感触も消えていた。

間違いなく、目の前の美少女が遙希を助けてくれたのだった。

その彼女は振り向く。

振り向いて、氷のような眼差しを遙希の背後に向けたまま、表情を微塵も和らげることなく歩いてくる。

彼女を、知っていた。

遙希と同じ北照《ほくしょう》高校の二年生、皆が認める、比肩《ひけん》する生徒などいない、麗人。

美女になることを約束された、北照高校一の美少女。

だから知っている。

知ってはいるが、あまりに遠すぎて言葉を交わしたことなど一度もない。しょせんその他大勢のひとりである遙希にとっては、憧れても手の届くことのない殿上人《てんじょうびと》。

彼女は、目を合わせることもなく遙希の横を通り過ぎ……。

そうして。

そのすれ違いざま、確かにこう言ったのだった。

「愛してる」

それだけならば、甘いささやきだったかもしれない。

だが、言葉は尾を引く。

「愛してる……だから」

だから？

「だから、殺すわ」

こうして、輪廻は現世に至り。

最後の物語が、はじまる。

オレと彼女の小さな接点×3

弁当なんて、かわいい女の子が作ってくれるのが一番嬉しいに決まっている。

主婦歴十八年を誇るママンのガチンコ弁当より、争奪戦に勝ち抜いた勇者が手に入れる購買のソースメンチコッペより、正門前にあるデリカ松永の十五食限定最高級岩手牛弁当より。

つたなくたって塩辛くたって、かわいい女の子の手作り弁当が良いに決まってるのだ。

理由はカンタン、だって男の子だから。

証明終了。

そんなわけで門叶《とが》遙希《はるき》十六歳、目下の悩みは、弁当を作ってくれる女の子がいないこと。

妹さんは立候補してくれますが……まああれは、この際数には入れないということで。

……とにかく現状、遙希のお昼事情はたいへんよろしくない。

どれくらいよろしくないかというと、机の上の五百円玉をひっつかんで出かける毎日には

もう飽き飽きだよ！　というくらい。

つまりなんだ、彼女が欲しいのかい？

はい、その通りです。

とはいえ、そんなのが無理なことくらい、さすがの遙希も知っている。

彼女というのはつまり人間だ。フラスコの中でできる人造生命体でなければ、異次元から

やってくる人外の種族であるはずもなく、曲がり角の向こうで生産されて登校時に無尽蔵に

送り出されてくるパンをくわえた生き物でもない。

そう、相手は歴とした人格を持った個人で、だから向こうがこっちを好きになる理由もないのに、それが彼女になんてなってくれるはずもない。きっかけでも積み立てでも、理由がなければ女の子は彼女にクラスチェンジしてくれないのだ。

で、自分ごときには、それがおこがましい願いだってのもわかってるわけで。

だからこの際贅沢は言うまい。

お弁当作ってくれる彼女をくれとは口が裂けたって言うまい。だからそれが他人の彼女でも、だれかのおこぼれでも良いから、ただ弁当を作ってくれればいい。すなわちリア充気分だけ満喫《まんきつ》できれば、それでＯＫ。

そう……たとえば、今こうしてとなりを歩いているかわいい幼なじみが、毎日それを用意してくれたなら、それが恋人でなくたって文句の一つもないわけだ。

「ないわけだが」

「ん？　なに？」

くだんの幼なじみは、くりくりとした丸い目を疑問いっぱいに見開くと、背伸びなどして遙希の目をのぞき込んできた。快活《かいかつ》さを絵に描いたようなショートヘアの彼女は、週末に見た美少女と同じく、遙希の通う高校の女子制服に身を包んでいる。

彼女は、顔を近づけるように身を乗り出して、

「ナニかなナニかな？」

と、問いかけてくる。

無遠慮というか物怖じしないというか。

クラスの……いや学年でも人気者の部類に入る彼女だからこそ、きっと自分に自信があるからこそできるのだろう、そんなあけすけな態度に、

「おい、やめろって」

と、遙希は戸惑い、照れてそっぽを向くことしかできない。

「えー」

「えー、じゃないだろうよ。勘違いされる」

「なに勘違いって」

「つきあってるとか思われてみろ」

「いやなん？」

「当たり前だ、迷惑だろ」

「誰に？」

「おまえに」

幼なじみは、うーん、と難しそうに眉をひそめまくって悩み顔。

「わたしに迷惑かぁ……」

悩むまでもないだろうに、と遥希は幼なじみの横をさっさと通り過ぎ、先を急ぐ。

そも、彼女と遥希では、住む世界が違うのだ。どこにでもいる人間嫌いな目立たない雑魚男子生徒のひとりと、同じ学年にいれば、特に接触がなくてもうっすらくらいは知っている……同学年はおろか、上級生からも告白がひっきりなしの人気者。友人ができなくて寂しい悲しいと泣いていた中学の頃の彼女を知っている身としては、青春を謳歌《おうか》する彼女の今に入り込んで壊してしまうなんて、そんなことできるわけもないし、して良いはずもない。

だから、駄目なのだ。

遥希がそんなことを考えていると知ってか知らずか、やがて幼なじみは、走って来て遥希の隣に並ぶ。

「そっか、わたしに迷惑じゃぁしょうがないなー。じゃあやめてあげるよ」

そうして鞄を抱きしめた格好で腕を組んだまま、うんうんとお許しをくださった。

「さんきゅー。ところでさ、つむぎ」

幼なじみの名を呼ぶ。

「んー、あわわでいいのに」

　毎朝のお約束だ。いつまでも彼女のことを「つむぎ」としか呼ばない遙希に、こうして彼女はもっとフレンドリーに呼べー！　と、要請をしてくるのだった。

　しかし、何度聞いても思うのだが、いくら本名が『発泡《はっぽう》つむぎ』とはいえ……。

「あわわ、は恥ずかしいよな」

「慣れたー。『あわわ』でも、『はっぽー』でも『ぽっぽ』でも『ビール』でも、みんなに言われ続ければそんなもんかなーって思うようになるしねー」

「そうか。じゃあ、オレはつむぎにしとくわ……んでさ」

「んでさ、なに？」

「背羽先輩ってさ」

「氷夜香先輩？」

　ふたりともが知っている女生徒の名だった。

　校内随一、並ぶ者のいない栗色の髪の美少女にして優等生。

「そうそう、『背羽氷夜香《せわひよか》』先輩」

「あー、昨日見たよ？　本屋にいた」

「なにしてた？」

「本買ってた」

あたりまえだ。

「いやさ、あの人って、つきあってる人いるのかなって思ってさ」

「いないと思うけど……なに？　ハルキ、背羽先輩狙い？」

「そんなわけねー。だいたいオレなんかが告っても相手にされないっての」

「だよねー。そこまで現実見えてないわけじゃないよねー。うんうん」

あはは ー、と、つむぎはどことなく乾いた笑い声をあげた。

「……うるせ」

「ごめんごめんー。ていうかさハルキ美術部でしょ？　部活いっしょなのに、そっちのほうが詳しいんじゃないの？」

「バカ言うなよ、実質あっちとこっちは同じ名前の別の部だ。背羽先輩は美大志望だろ？　こっちはお気楽に好きな絵を描いたり同人誌とか作ってる連中ばっかなのに、あっちには専用の顧問と専用の部室がついてるんだぜ？　通りがかりにちらっと顔を見ることはあっても、話したことも名前呼ばれたこともねーって」

「出てないしね」

「まったくもって完全に帰宅部な。二日しか出てないわ」

「そっか。で、それだけ？」

「ああ、それだけ」

「ふーん……」

つむぎは、くんくん、と子犬のように、ちいさな鼻をひくつかせて。

「これは嘘をついている臭いだぜ？」

「なんだよ、べつにやましいこと……」

「隠し事はやだ」

にらみつけられて、降参と片手をあげる。そんなすねたような顔をされては、黙っているわけにもいくまい。

「金曜日に帰り道で会ってさ。すれ違ったらいきなり殺すって言われたヨ」

なので、事実のみを端的に述べた。

「は？　なにそれハルキ、なんか恨まれるようなことでもしたの？」

「記憶にございません」

「だよねぇ」

「んで、なんだろうなってさ」

「うーん。それよりむしろ、わたし的にはあの背羽先輩が「殺す」なんて言葉を口にすることにびっくりだー」

「オレもだー」

「そもそも本人？」

「たぶん。でも別人かもしれん」

「別人じゃね？　ね？」

「だよなー」

背羽氷夜香の話題は、それきりだった。そこからは益体のない世間話を重ねて、てくてく歩くこと十五分。ふたりは、トネリコの木の公園が道を分かつ、いつもの角へ到着する。

遙希は右に、つむぎも右に。

「おい」

当たり前のように後ろをついて来ようとする幼なじみを呼ぶ。

遙希は足を止めて道路を指さし。

「おまえはあっちで、オレはこっち」

別々に登校する約束だろ、と。

「ばれたか」

つむぎは漫画かアニメのような仕草で、舌を出して、てへぺろ、とばかりに頭をこつんとげんこで小突く。

「はいはい。今や人気者のわたしにヘンな噂が立つとまずいんでしょ？　わかってるって。

「あのなー」

んじゃがっこーで！」

さっさと背を向けて左の道へと向かうつむぎ。そのさばさばとしたところこそが、皆にフレンドリーな印象をあたえるのだろうし、それが彼女を人気者にしているゆえんのひとつなのだろうと、その背中を見ながら思う。

と、その背中が、角でくるり、とターンをして手を振った。

「じゃあねー！」

叫ぶつむぎに手を振り返す。

この後また学校で会うことになるのに、彼女はわざわざ大仰《おおぎょう》なのだ。

†

子供の頃から、オーロラを見る。

だれも見ない、遙希だけが見るオーロラ。

それこそ物心ついた頃から、ずっと。

美しいのに恐ろしいような……最初は自分にもそれが何なのかはわからなくて。やがてそれが図鑑やテレビで見る『オーロラ』というものにとても近いことを知って。みなに説明しようと、必死で「オーロラを見た」と口にするようになって。

結果、今度は誰も信じてくれなくなった。

オーロラは日本では見られないもの……なのだそうだ。

だから、そう何度も何度も諭すように教えられ続け、遙希は嘘をついているのだと言い聞かされて、長い時間の末に、それが「自分にしか見えないもの」なのだと理解した。つまりは、オーロラも、目眩も、幻視も、指先に触れる冷たい金属の感触も……すべて幻で、おかしいのは自分なのだと、そう納得したわけだ。

あくまで表向きは。

「だけどなぁ……」

つむぎとは別の道を学校へ向かいながら、ひとりごちる。

民家もまばらな緑の多い田舎道を歩きながら、遙希の心は、金曜日の夜からずっと、ひとつことにとらわれたままだった。

それは、赤い鎧から遙希を助けてくれた女の子のこと。

長い銀色の槍を振るい、スカートをなびかせて軽やかに宙を舞う、制服姿の美しい娘。

綺麗な上級生……あれは……。

「背羽先輩だよな……」

暗い夜道ではあったけど、オーロラの光を背負って戦うあの美少女は、たぶん美術部に所属する背羽氷夜香先輩に……少なくとも遙希にはそう見えた。

背羽氷夜香は、二年生の先輩で、いわゆる全校の男子の憧れの的。ほとんどブロンドに近い栗色の髪の、やや日本人離れした美少女なのだけれど……。

とにかくあの夜のことはわからないことだらけだった。

いつもより強い目眩と、見たこともないほどにはっきりとした幻視。

オーロラの中から現れた、赤い巨人。

銀の槍を手に立ち回る、綺麗な上級生。

去り際につぶやかれた、「愛してる」。

そして。

だから「殺すわ」……という言葉。

なにもかもが理解の範疇《はんちゅう》を超えていて、なにもかもがもやもやする。

あれが本当は誰だったのか。その確信がもてないことに、彼女が残した言葉の意味がわからないことに、そして、霞《かすみ》がかかったように見つからない心の置き所に、判然《はんぜん》としないわだかまりがつのる。

おかしいことはわかっている。

なにがって、自分が。

だって自分は死にかけたのに、なのに、こうして当たり前のように登校している。

巨人の存在そのものに現実感がないとか、目の前で行われた戦いが人間の限界を無視しているだとか、そんなことは関係ない。殺されかかった、助けられなければほとんど死んでいた状況で……しかも相手は正体すら不明だというのに。あれで終わったという保証すらなくて、今日だって襲われるかも知れないのに……それなのにこうして、のうのうと学校へ向かっていることそのものがおかしい。

おかしいのに。遙希は、殺されかかったという事実よりも、あの女生徒が何者なのか、それだけに心とらわれている。

それは、『わかるかもしれない』という想い。

今まで否定されることしかなく、遙希以外には誰もいなかった『オーロラの輝く世界』。

あの「赤い甲冑」と「銀の槍の美少女」は、遙希しかいなかったこの世界にはじめてやってきた、この世界ではじめて出会った自分以外の人間だったから。

彼女になら、理解してもらえるかもしれない。

このオーロラがなんなのか、説明してもらえるかもしれない。

……そしてもうひとつ気になることがある。

あの娘は、遙希を置き去りにして、彼女を待っていた青年とふたりで立ち去った。

背の高い青年だった。決して遙希も背の低い方ではないが、その遙希よりも長身で、四肢が長くスマートで、それでいて力強いシルエットの青年。

いったいあの男は、彼女のなんなのか……。

「……るきさんっ！」

（……？）

呼ばれて立ち止まる。

「まさか姓名を並べて呼び立てなくてはなりませんか？　門叶遙希さん」

なんだかバカにするようなイントネーションの物言いに振り向くと、小さな神社の鳥居前に、隣町にある高校のセーラー服を着た娘がいた。

艶やかな黒髪を赤いリボンでまとめ、竹箒《たけぼうき》を手に神社の鳥居周辺を掃除する彼女は、この神社の管理をする神職の姪という話だ。そんなに深い付き合いではないため、下の名前が「いばら」さんであることは知っていても、残念ながら名字は知らないのだった。

「ああ……おはよういばらさん」

「おはようございます」

彼女は律儀に会釈《えしゃく》、というには少々深すぎるお辞儀などしてから言う。

「ときに門叶さん、めずらしいですね。常時、十八女《さかり》のついた犬のようなあなたが、わたくしに話しかけることもなく通りすぎてしまうなんて」

「へこむわー」

どうにもひどい言われようだ。

しかも黒髪ストレートロング前髪ぱっつん清楚な日本美人でございマース！　な、いばらにそういうふうに言われると、よりきっつい気がする。

彼女と挨拶をするようになったのは、梅雨の足音が迫る六月頭。お隣の発泡つむぎと同じ高校に進学した遙希が、別の道を使って通学するようになってしばらくしてからだった。

きっかけはもう覚えていない。この神社の前で毎朝掃除をしている女の子がいて、いつの間にか短い挨拶をかわすようになって、いつの間にか親しくなった。学校では徹底して会話を避けているせいで、ほとんど女子と話すことのない遙希にとっての彼女は、つむぎと並ぶ数少ない、屈託《くったく》なく話せる貴重な女の子のひとりというわけだ。

しかし、いばらは、そんな遙希の気持ちに頓着《とんちゃく》せず。

「いえ、貧弱な脳神経でずいぶん考え込んでいたようですので。この土日の間、たまさかになにかおありでしたか？」

「心配してくれてるんだよな、それ」

「まあ、多少は。毎朝のように『弁当を作ってくれ』といい加減しつこくて鬱陶《うっとう》しいことこのうえない門叶さんですが、まるで言われないのも、それはそれで寂しいのです。もちろん応える気はありませんが」

「ないんだ」

「はい」

「いばらさん愛してる。オレのために弁当を作ってほしい」

「お断りします」

ばっさり。

まあ仕方があるまい、と今日もあきらめる。学校も違うので彼女の私生活はよく知らないけれど、いばらレベルの女の子に恋人がいないわけもあるまい。

こうやって相手をしてくれるだけでも、分不相応の幸せというものだ。

でも一応。

「けちー」

「しつこいですよ?」

「むぅ、なぜさよ。孔明だって三回お願いしたらOKしたって、ともだちから聞いたぜ?」

「劉備と孔明はデキてますから」

「できてる⁉」

理解できていない遙希の様子に、ふっと蔑《さげす》みを浮かべて。

「自明です。とにかくお弁当は作りません」

「ちぇーっ。五十回くらいは頼んでる気がするけどなー。可愛い女の子の弁当サマがお昼に待ってるってだけで、一日がんばる気にもなれるってもんなのに」

いばらは可愛いと言われても頬を染めることすらなく、やれやれ、と肩をすくめ。

「出会ったその日から数えて六十二回目ですね。とにかく、お弁当を作って差し上げることそのものはやぶさかではありませんが、遙希さんが本気ではないのでイヤです。誰のお弁当でも良いだなんて、思春期の乙女とお弁当に対する冒涜《ぼうとく》というものですよ」

「む……いばらさんがオレだけのためにお弁当作ってくれるなら、一生いばらさん以外の女の子見ない自信あるけどなー」

「安い誠実ですね。一昨日《おととい》きやがれです」

遙希の誠実を一蹴して、そのくせ、いばらはとても良い笑顔を見せる。

「とにかく、すこしは元気が出たみたいでなによりです。なにを悩んでいるのかは知りませんが、気になることがおありなのであれば、それは行動あるのみというものでしょう。勇者というのは、そういうものではありませんか？」

そりゃまあ、勇者なら。

†

県立北照高等学校は、市内を流れる川の南側にある。校舎は川を見下ろす高台……というにはさして高くない台地に立っていて、運動場は校舎の西側だ。そこには陸上の四百メートルトラックとテニスコート、そして弓道場と武道場と体育館が集中しているゾーンがあって、川縁の土手の脇にも、第二と呼ばれる主に球技の部活が使っているグラウンドがある。

大きな門はふたつ。街に近い東の正門と、橋に近い西の裏門だ。

裏門側はまだ開発の手があまり及んでいない。有《あ》り体《てい》に言えば山と畑しかない田舎だ。こちらの入り口を使うのは、この田舎地帯にあるいくつかの集落の住人か、山向こうの物別市《ものべつ》からやってくる生徒、あとは運動部のジョギング部隊くらいのものだった。

で、普段の遙希は、登校も下校も、この裏門を使っている。

本当は東の正門から出入りした方が、家には近いし早いのだけれど、つむぎと別行動をするためにということもあり、朝は特にそうしているのだった。

もっとも、遠回りも悪いことばかりではない。

神社のいばらさんとは、お話ができるくらいには仲良くなった（と思う）し、とりあえず心のよりどころになる親しい友人ができるきっかけにもなってくれた。

「やあ、おはようトーガ」

で、やたらと無闇にさわやかなこの声こそ、その友人だ。

遙希のことを『トーガ』などと呼ぶのは、学校広しといえどもひとりだけ。

この高校に入ってから親しくなった、四十物新字《あいものしんじ》は、となりの物別市から山を二つ越えて北照へと通っている。なんでも四十物家は、あっちの市では結構な名家ということらしいが、遙希はそのへんよく知らないし、興味もない。

ともあれ、その名家出身のせいなのか、新字は軽い性格の割にその立ち居振る舞いに嫌味なところがあまりなく、踏み込んでくるように見えて一線を越えない距離のとりかたは、遙希としては心地よい、付き合いやすい部類の人間といえるのだった。

その新字は、小走りに土手脇の道を駆けてきて。

「どうかなトーガ、昨日はオーロラを見られたかい？」

いつもと同じように、いつもと同じ質問。

入学して早々のある日、ガードがゆるくなっていたせいで、不用意に「オーロラが見える」なんて、もらしてしまったのが運の尽き。それがこのニセモノさわやか同級生の好奇心を刺激したらしく、以来毎日のように朝一番でこの質問が飛んでくるのだ。

もちろん、いつもなら「いや、なにも」と応じるところなのだが、今日に限っては、ちょっと違う答えを返すことになる。

「見た。金曜日にな」

「ほんとうかい？　僕へのサービスじゃないだろうね」

「本当だ。でもって死にかけた」

「死にかけた？　どういうことだい、確かにオーロラの正体は惑星単位……いや星系単位の巨大加速電子砲のようなものだから、直接浴びれば命に関わるとはいうけれど、まさか、いくらトーガでも成層圏の上まで飛んだりはしないよね」

「オレはどんな生き物だよ」

「そうだね、厭世家《えんせいか》かな。それも稀代《きだい》の」

「それは……」

「知ってるよ。オーロラの件できみが人を遠ざけていることくらい。でもね、僕の分析ではそれは二年生になるまでもたない。基本的に君は寂しがり屋で人間が嫌いじゃないうえ、人が無愛想を演じるには限界があるんだ。しかも僕とこうやって楽しそうに話しているのをみんなに見られてしまっているからね、化けの皮だって剥《は》がれているも同然さ。だから理解者が増えれば自動的に人と話すようになるだろうと思うよ。けれど、そうだね、そうなったら僕はトーガに興味を失ってしまうかもしれないね。だからそうならないことを祈ろう」

「……」

「なんだい？」

「よくしゃべるなと思って……」

「言われるよ。きっと僕は神様に、口から先に生まれるように望んだに違いないね」

「いや、それで口が硬いことが奇跡だよな」

「だから僕の発言には、信憑性《しんぴょうせい》はあっても情報性はないんだよ。いわゆる価値がないってやつだ。これは希少価値だよ」

さすがに益体もなさ過ぎて辟易《へきえき》する。すると四十物新字……新字は、そのタイミングすら見計らったように、話の軌道を修正してきた。

「とまれ、ああ、これはともあれ、という意味だけどね。ともあれ僕は、トーガが死にかけた話を聞きたいのさ。金曜日、なにがあったのか教えてほしいね」

「そうだな、信じられる話と信じられない話、あと、いばらさんに振られた話もあるが、どれを聞きたい？」

「いばらさんに袖にされるのはいつものことだから、そこはいいよ。となれば信じられる話と信じられない話、その両方にきまってるじゃないか」

「了解だ」

もちろん全てを話すわけにはいかないけれど、それでも聞いてもらえるのが、とても嬉しいことには違いない。

†

授業は進み五時限目。

夏の残滓《ざんし》もすっかり抜けきった晩秋の陽光は、柔らかく低く教室に差し込んでいる。

黒板には眠気を誘う微分のグラフと数式。ただただ教科書をなぞるだけの単調な授業なのだけれど、教室の皆はそこそこ熱心に聴いている。

左前方、窓側前から三番目には、黒板に板書された問題をノートに解いているつむぎの後ろ姿があって、右前方では新字が……居眠りというよりは、見事な爆睡をぶっこいていた。

（そろそろ……行くかな）

新字がついてきては面倒だから、今がチャンスと言えばチャンスだ。

そんなわけで、遙希は手を挙げて立ち上がる。

「どうした、門叶」

「トイレです」

「そうか。紙は大事に使え」

「うぃ、むっしゅー」

あっさりと教室から開放される。

脱獄するのに、保健室や保健委員の力を借りる必要なんてないのだ。

むしろ保健室に行くなどと言えば、『一学期頭に風邪で不在だったゆえ押しつけられ保健委員』をやっているつむぎが、いらない責任感をもってついて行くと言い出しかねない。

「さて、と。勇者になりに行くかな」

リノリウムの敷き詰められた廊下をトイレとは反対方向に歩きながら、窓から向かいの校舎を見上げる。二年生の教室は北館の四階だから……と、向かいの校舎にある目的の教室を眺めてみるが、太陽の光を窓が盛大に反射していることもあって、さすがに中庭を挟んだ向こうの室内をしっかりと確認することはできそうにない。

『背羽氷夜香』先輩の姿を拝むには、二年生の教室を直にのぞき込むしかないわけだ。

そんなわけで、迷うことなく足を二年生の教室がある北校舎へ。

やはり誰もいない廊下を歩いて行き、トイレに行く生徒のふりをする。何気ない風を装って教室前を通り過ぎながら、二年一組の教室をのぞき込んだ。

そこは当たり前に授業中。受験が一年後に迫っているせいだろうか。英文の授業の雰囲気は、一年生の教室とは比べものにならないほど真剣、かつ厳《おごそ》かだ。

（背羽先輩は……）

探すまでもなかった。

窓側の席に、場違いなほど綺麗な女の子が座して、教師の話に耳を傾けていた。

絵になる、というのはこういうことを言うのだろう。

透明感溢《あふ》れるきめ細やかな肌には、艶《つや》めく薄桃色の唇。そこから上へ向けすっと通る筋を描いた鼻梁《びりょう》の先には、細く整った眉。涼しげな目許《めもと》は穏やかに細められていて。やや色素の薄いブラウンの髪が陽光をはらんで輪郭を輝かせている。

背筋の伸びた姿勢で、ノートと教科書、そして教師へと視線をめぐらせる彼女の姿は、その一瞬一瞬がポートレートのような完成度で網膜《もうまく》に飛び込んでくるのだった。

なるほど、と改めて納得をする。

もてるのは道理だ。

これだけの美人を捨て置く理由がない。男だったら、彼女の見た目だけで恋い焦がれておかしくないし、それでいて性格が悪いという噂もほとんど聞かないのだから、それはもうあこがれの対象にならないわけがないわけで。

なのに……。

その一方で、今まで誰ともつきあったことがないという噂に信憑性を感じるのも事実。

背羽氷夜香という花は、あまりにも高嶺《たかね》にありすぎる。たぶん彼女に恋心を抱くほとんどの男子生徒は、そこに手が届かないと考え、あきらめてしまうはず。

もちろん遙希だって例外ではない。

そもそも彼女のことなど別の世界の話だと思っていたし、だからこそ背羽先輩を意識してみることすらなかったわけで。そのくせ、こうして意識して眺めてみれば、手に入れたい気持ちと手に入るはずがないというあきらめまで、そのすべてを理解できてしまう。

（この先輩が、オレを助けてくれた……のか？）

一度教室の前を通り過ぎた遙希は、もう一度だけ教室の前を通り過ぎると、そのまま来た廊下を戻って、南館へ戻る渡り廊下へと向かう。

「どうするかな……」

教室へ向かう気にはとてもなれない。氷夜香を見るという目的は果たしたけれど、今はもう少しだけ考えをまとめたい気分だった。

足は自動的に保健室へ向く。

南校舎へ渡り、階段を下りて一階へ。技術家庭科教室の前を通り過ぎた先に保健室はある。

「ちーす」

踏み込むが返事はない。カーテンが閉じているベッドは三つのうちひとつ、ということは先客が一名ということか。もしもベッドがひとつしか空いていないようだったら、おとなしく教室へ帰ろうと思っていたのだが、幸いにも空きはふたつ。保険の教諭は留守にしているようなので、体調不良である旨を卓上のノートに書き込んで、硬いベッドへと潜り込む。

カーテンを閉めて寝転がった。

（間違いないよな……）

鮮烈に焼き付いた脳裏の記憶をさぐる。

今しがた二年生の教室で見てきた氷夜香は、髪の色も、髪の長さも、金曜日の夜に見た銀の槍の娘と同じだった。

……顔は、よくわからない。

見えなかったわけではない、それよりは確証がないというのが正しいだろう。

だから、間違いないと思えばそうとしか思えないし、別人なのだと言われれば、そうだと思えてしまう。

どう見たって彼女のはずなのに決定的な証拠がない、確信に至らないもどかしさ。

それが印象の問題なのだと気づくのに、そう時間はかからなかった。

印象……つまり雰囲気。

槍を手に戦っていた美少女にまとわりついていた、底冷えのする『厳しさ』が、氷夜香にはない。触れれば切れそうにクールな雰囲気を纏ってはいるけれど、それでも普通に授業を受けていた背羽氷夜香という女の子が、槍を持って戦うようには見えなかった。

そう、たとえるなら彼女は……戦士ではなく姫。

教室で見た綺麗な先輩は、槍を手に戦っていた娘よりも、幻視の中で涙を流していた、あの美しいお姫様にこそ近いように思えるのだ。

そういえば「王」と呼ばれていた男は、彼女のことをなんと呼んでいたのだったか……。

確か、そう……。

†

†

——探しに行きます、愛しい君——


唇はそっとふさがれていた。

そこに触れているのは暖かな……熱。

柔らかな感触、わずかな湿り気と吐息の香り。

それは、あの夕刻にオーロラの最中で見た、幻の続き。

また来世で……。

約束の口づけは時を超え、混じり合った二人の熱を唇に残したまま、ゆっくりと名残惜《なごりお》しげに離れてゆく。

「……ルーン」

「はい、あなた」

思わず漏れたのは誰の言葉だったのか。返事は、だれのものなのか。それさえも判然《はんぜん》としないまま、遙希は、まどろみの中にいた。

「眠るというのは、死ぬことと同義だね」

と、そんな言葉を誰がつぶやいたのだったか。

たしか、その言葉の意味は、

「目覚めるたび、きみの姿に恋をする」

だから、だったはずだ。

今ならその言葉が実感をすら伴ってわかる気がする。

それは、なぜ？

ぼんやりとしていた頭と視界が、徐々にはっきりと輪郭を取り戻す。

まぶたを開けば、そこは保健室の天井。

そしてなぜか……ベッドの脇には、遙希に柔らかな笑みを向ける、美しい娘の貌《かお》があった。

「おはようございます」

彼女はそう言って、微笑んだ。

長い睫に縁取られた切れ長の目には、澄んだ鳶《とび》色の瞳、ほとんど金色と言って差し支えのない、日本人離れした色素の薄い髪はさらさらと音を立てそうなほど。鼻筋は細く通り、唇は、張りのある艶やかな薄桃色に輝く弧を描いて……。

そんな、誰が見ても完璧な美少女が、遙希だけに柔らかな笑顔を向けていた。

背羽氷夜香。

一年歳上の、この学校の生徒なら知らない者などいない高嶺の花。

夢か……と疑い、すぐにそうでないと理解する。なぜなら自分は、授業をサボって保健室

で寝ていたはずで、ここは間違いなく保健室のベッドだったから。

つまりここは、現実の続きというわけで。

では、なぜ？

どうして、氷夜香の唇が触れていた……？

「っ!?」

がばっ！　と上体を起こし、遙希は大慌てで、しかも超速でベッドの上をあとずさった。

もちろん半メートルもいかないうちに背もたれにぶつかって、退路はそこで絶たれてしまう。

わけがわからない。

どうして目が覚めたらベッドの横に氷夜香が座っていて、しかも遙希の顔をのぞき込んでいたりするのか。

いや、それだけでなく。

「ちょ……な、え？　どういう!?」

意味をなさない疑問符だけがあふれ、そこで気付く。

唇に、暖かさの名残を感じる。

ということはつまり、さっきのキスの感触は夢……ではないということで。

「背羽先輩!?　なんで、どうして？」

氷夜香の、綺麗な、綺麗な、綺麗すぎる唇に、目線が固定して動かない。

なんでキスの瞬間に起きていなかったのかとか、もったいない！　……なんてことを考える余裕すらなくて、なんだかはじめて初夜を迎える女の子（想像）のように、心臓が飛び跳ね、その鼓動が激しく耳の奥を打ち据える。

夢にしては幸せレベルが高すぎる。

でも、どうしたってこれは現実以外ではあり得なくて。

ということはきっと間違いか罠に違いなくて。

でも、いくらなんでも罠ってことはないだろうから間違いに違いなくて。

だから、何度でも問いかける。

「あ、あの背羽先輩。これってどういうこと、です？」

その要領を得ない問いに、綺麗な上級生は、涼しい笑顔を絶やさないままで答えてくれた。

曰く。

「愛してるって。そう言ったわね？」

あの日、去り際、すれ違いざまに。

そして？

「だから殺すの」

「誰が？」

「わたしが」

間違いか罠かと言うなら……この場合の正解は罠だった。

反転する。

言葉の意味が、状況が、降って湧いた幸せの姿が。

氷夜香は腰掛けていた椅子から立ち上がる。すらりと伸びた綺麗な姿勢で腕だけを真横に伸ばし、手首を、何かを掴《つか》むようにスナップする。

閃《ひらめ》いたのは虹。いや、七色に輝く光のヴェール。

手に現れた小さなオーロラが消えた後、彼女の手には、槍があった。

細くて身長よりも更に長い、矢印《やじり》のような鏃持つ武装。鈍い光を放つ銀色の槍を、まるで十字架の横木のように背に構え。

背羽氷夜香という美しい上級生は、薄く目を伏せてつぶやく。

「じゃあ、はじめましょうか」

疑問を差し挟む余地すらない。彼女の手で銀が閃いたかと思うと、その一撃は、光の筋となってベッドに突き立っていた。

突き立って……ベッドをまるで、本を閉じるように中心から真っ二つに折りたたんでいた。

物語はこれでおしまいだと、そう宣言するような一撃。

ベッドに挟まれて本当に終わりそうになりながらも、とっさにそこから転がり出ることができたのは……たぶん幸運だったのだろう。そうやって転がって床に尻餅をついて、一瞬遅れて今起きたことに気がついた遙希は、そこで身震いし、全身を総毛立たせることになる。

つまり。

（氷夜香先輩は、本当にオレを殺そうとした……⁉）

紛れもなく事実、先の口づけよりも事実で、赤い甲冑よりも明確な、殺意。

今の一撃で十二分にわかる。

この綺麗な先輩とは、話し合いの成立する余地などない。

それ以前に、ここに転がったままだと、確実に死ぬ。

が、しかし。慌てて逃げだそうとして、今度は窓の外の風景に凍り付いた。

景色が暗い。保健室に入ったのは五時間目だというのに、いったいどれだけの間寝ていたのか、外はもう夜の色になっていたのだった。

「いったいどういう……」

気配を感じた……わけではない。

よそに気を取られてしまっていた自分の阿呆さに気がついて、とにかく逃げようと身体を動かしたところに、次の一撃が来る。槍といえば突きだろうという予想を裏切る横薙《な》ぎの一撃は、四つん這いになった遙希の頭上を、窓ガラス三枚までをも砕き割りながら通り過ぎる。

(な……本気かよ?)

問うまでもない。槍を振るった直後の氷夜香は、極上の無表情の中で、氷でできた鋭い視線を遙希に向けていた。

遙希の目には、それは獲物を狙う狩人の姿に映り、ゆえに遙希は、氷夜香が槍を引き戻す動作を確認した瞬間に、脱兎が脱兎のごとく逃げ出すかのごとき脱兎の勢いで、ウサギがフルヌードになりかねないほどに脱兎のごとく逃げ出したのだった。

どちらに逃げるのかなんて考えていられない。

保健室のドアを乱暴に押し開き、常夜灯の薄橙色と非常口の緑色、そして消火栓の赤いランプだけが照らす廊下に飛び出す。

走る。遙希は廊下を疾走《しっそう》……と言うにはほど遠い無様さで、動かない脚をもつれされながら、転がるように駆けていく。足音がうつろに響くだとか、人の気配がないだとか、そんな詩的なことになど意識を向ける余裕もなく走る、そうして廊下突き当たりの角までたどりついて気付けば……「待ちなさい」なんて声が追ってくることはなく、迫る足音もない。

ほっとしながら振り向いたのと、教室四つ分向こうになった保健室の入り口から、ゆっくり氷夜香が歩み出てきたのは、ほとんど同時だった。

大丈夫。

彼女との間には充分な距離がある。

が、しかし。

逃げ切れるだろうと安堵の息をつきかけた遙希の視線の先で、氷夜香が槍を構えた。

「……イズ」

小指で、空中に縦一文字の線を引き。

そして……。

「え？」

遙希の疑問符をかき消すように、彼女は、一瞬の逡巡《しゅんじゅん》も一欠片の躊躇《ちゅうちょ》もなく構えた槍を投擲《とうてき》してきたのだった。

重力を無視したように地面と水平にすっ飛び、迫る槍。

まるで超伝導カタパルトの中を走るレールガンの弾丸のごとく、雷をまとった槍が、廊下を一直線に疾《はし》る。転がって身をかがめる遙希。一瞬前まで遙希が元いた場所を貫いた雷槍の弾丸は、煌めく粒子をまき散らしながら、廊下の突き当たりにある技術家庭科室の扉を粉みじんに砕き割って……。

直後。

室内から轟音《ごうおん》と爆風が噴出し、その爆風に思い切りあおられて、遙希は階段にまで吹き飛ばされることになった。

跳ねるように転がって、上り階段の一番下段にぶつかり、止まる。技術家庭科室がどんな惨状になっているのかを想像して冷や汗がどっと吹き出すものの、当然戻ってのぞき込む気になろうはずもなく、遙希は半ば自動機械のように両手両足で階段を上りだした。

（冷静に……冷静になれ、オレ）

言い聞かせる。

二階、そして三階へ。すこしでも一階から遠く離れるべく、上を目指す。背羽氷夜香が技術家庭科室へ槍を取りに行ってくれるか、もしくはその槍をなくしてしまっていることを望みながら天を目指す。そうして四階から屋上へつながる階段を上りはじめたときに、遙希は自分がいかに焦って混乱していたのかを思い知った。

「はっはっは。行き止まりですよ、姉さん」

回らないドアノブに手をかけ、架空の姉さんに向かって話しかけるほど、ピンチ。

階下からは足音。ときどきヒュンヒュン鳴っているのは、間違いなく、彼女があの二メートル近くある長い槍を振り回している音なのだろう。

逃げ場がない。

そも、上の階に逃げるという選択肢からしてとち狂っていたと言われても仕方がない。それ以前に、あの局面はどうあっても下駄箱方面とか、最低でも窓から外へ逃げるべきところではないだろうか。

「そのとおりです……っていうかせめて開けっての！」

「そうね」

声は真後ろから。

ぎょっとしてふりむいた瞬間、手元で轟音。あろうことか、直前まで掴んでいたドアノブが周囲の鉄板ごと、穴になって吹き飛んでいた。

寿命が縮む。心拍数はきっと五倍ぐらいになっているに違いない。

ギィィ……ときしんだ音を立てて、屋上の扉は外へ開いていって、外れて倒れた。

それを為した綺麗な先輩は、涼しい顔で、ふっと微笑み。

「外に逃げるのでしょう？」

優しい口調で酷薄《こくはく》に、けれど次の一撃を繰り出すべくもう槍は構えられていて……。

遙希は慌てて走り、屋上へ転がるようにまろび出る。

陸上競技場と同じ合成ゴムの地面には、昼間だけ開放されるバスケットコートが二面。その上を走り、すこしでも距離を離そうとする。

（先輩が追ってきたら、回り込んでまた校舎の中へ……）

そんな思惑も、振り向いた瞬間に霧散《むさん》する。

ただ歩き追ってくる氷夜香だが、その立ち居振る舞いには遙希ごときがつけ込む隙など見られない。わかるのは、彼女の脇をすり抜けようとした瞬間、遙希の身体には大穴が……ならまだ良くて、場合によっては上体と下半身が生き別れになってしまうであろうことだけだ。

「生き別れって……つまり即死だよなぁ……」

ははは、と笑う。

人間、追い詰められると笑うしかないのだなぁ、としみじみ。

やがて彼女は、槍が届くぎりぎりの距離で足を止める。

そうして、鈍い銀に輝く槍の切っ先を、ぴたり、と遙希のノドにあてた。

改めて、正面から彼女を見る。

低く大きな月を背負い、光を髪にはらませた彼女は、遙希の命をその手にしながら、それでもなお遙希の目には美しく映り。

それで遙希は、あらぬ事を思ってしまった。

「この女性《ひと》に殺されるなら……それもありかな……」

つぶやきが言葉になって漏れた瞬間、目の前の綺麗な先輩の視線が、揺れる。

悲しみか、蔑みか。遙希にはそれが怒りの色に見え……いったいなにが、彼女の逆鱗《げきりん》に触れたのかと、それを問おうとした瞬間。

空が染まった。

月の光がハレーションを起こし、世界に幾重もの七色の光が降りる。

かすかな目眩いの中、ほんの一瞬、またも、遙希はフラッシュバックのように幻影を見る。


低い雲の垂れ込めた凍土の荒野が遙希の眼前に拡がる。

幻覚の平原の中央、なだらかな丘の頂点に、ひとりの娘がたたずんでいた。

金色の髪の姫。彼女の貌は悲しみに濡れ、今はなき王の名を……。


しかして幻影は全てを語ることなく去り、すべてことは同時に起きる。

遙希はその手に、冷たい金属の感触を得て――

氷夜香はオーロラ舞う空を見上げ――

天から、一条の光が降る――

降る光は炎の朱、それは遙希と氷夜香の間……いや、氷夜香の頭上に突き立ち、目の前の世界を瞬時に粉塵《ふんじん》と礫《こいし》、そして熱風の荒れ狂う坩堝《るつぼ》へと変貌させた。

直後、風が渦巻き、爆煙は吹き散らされる。

氷夜香が立っていたそこには、人が振るうには長大で太すぎる槍、いや、黒塗りの柄を持つ薙刀《なぎなた》が垂直に突き立っていて。そこを中心に遙希の足下までも熱に溶かし、クレーター状の窪みができていた。

「せ、背羽先輩っ⁉」

氷夜香は学校の先輩だ。それが一瞬で消し飛んでしまえば、いくら命を狙って来た相手とはいえ……。

否。

心配するまでもなく氷夜香は無事だった。

あのタイミングでどう飛び退いたのか、薙刀を挟んでちょうど遙希の対角側に、短いスカートをなびかせて、つま先から降り立ったところだった。

彼女は遙希に一瞥《いちべつ》をくれ、ふたたび空を見上げる。

遙希もつられて上を見る。そこには、なにもない夜空に立つようにして、金曜日の夜に見た赤い甲冑が浮いていた。

「戦乙女《アウルーラ》の馬……フルンドが……また？」

氷夜香がつぶやいたのはアウルーラ、という聞き慣れない単語。そんな独り言じみた問いに答えるように、赤い甲冑が空から氷夜香に言葉を投げる。

『王神様《オーディン》の娘ともあろう身がお褒め欲しさに泥棒ネコですか？　先日は手を出すなと言っておいて、今日は刈ろうとする。実に気ままな良いご身分だと言わせていただきます』

意外なことに、それは女性の声だった。鎧を通しているため元の声とは当然違うのだろうが、それでも十二分に可憐さを感じさせる、多分それは少女の声音だ。

もっとも、言葉の強さ、物言いの激しさは、可憐とはほど遠いもので。

『恥を知り、手をお引きなさい、その方の魂はわたくしのものです！』

甲冑はそう言い切ると、巨体を突然、クレーターの中心へと落とす。

轟音。

校舎そのものを震わす地響きをたてて着地したそれは、なぜだか遙希を背にかばうようにして、氷夜香に相対する位置をとった。

遙希のところから見ると、薙刀に手をかけた甲冑は遙希の目前にいて、氷夜香の姿はその向こうにある。

金曜日は赤い甲冑に殺されかかって氷夜香に救われ、今日は氷夜香に命を狙われて赤い甲冑に救われている。先日の夜とまるで逆転してしまった状況に、遙希はただ混乱するしかない。

……なのだが、そんな遙希の戸惑いをよそに、ふたりは遙希を無視して言葉を交わす。

「その人は。あなたのものではないわ」

『なるほど、それでは王神様《オーディン》のものだと言いますか？』

しかし氷夜香は、その問いには答えず。

「……そもそも、あなたが彼を狙ったりしなければいいだけのこと」

と、責める。

『意味が不明です。そもそもわたくしたちの役目は、英雄の命を王神様の元へとお連れすること。いつ、どのように命を刈り取るかは、わたくしたちにまかされているはず！』

「話にならない」

冷たい吐息をひとつ。

「知っているはず。魂は育てなくては、運命の時《ラグナロク》を塗り替える役に立ちはしないと」

『それがなにか？』

「育ってすらいない英雄をどれだけ集めても意味はないでしょう。父神様の望みは最終戦争を戦い抜く無敵の軍勢。あなたのしていることは、父神様の意に反する行為。独占欲と名誉欲の暴走でしかない」

『そのために数をそろえる！　それのどこが悪いのです？　まさかそこの少年が神々の運命

を書き換える英雄であるとでも？　寝言は寝てから言うものだと習いすらしなかったのですか？　ああ、もしかして——そこの少年に恋慕の情を抱いているとか？　まさか、この程度の魂しか持たない、英雄の雛《ひな》、いえ塵芥《ちりあくた》のごとき英雄もどきに？』

しん、と場が静まりかえる。

どこに逆鱗があったのか、冷たい沈黙が、場を支配する。

やがて。

「そう、恋慕はいけないこと？　ワルキューレがそれを言うの？」

氷夜香がつぶやいたのは、零下の意志孕《はら》む、そんな言葉だった。

「——恋をしたことも、ないくせに？」

『な……』

あまりに静かでありながら怒気を隠そうともしない、問いかけの体裁をとった断定に甲冑がひるむ。

しかし氷夜香は、甲冑のフルンドの動揺を無視する。彼女は目の前の空中にコイン大の石を放って、槍をひと振り。石を槍の先にある窪みへと収め、「テュール」とつぶやく。

「なら相手をさせてもらうわ」

つぶやき、その槍の先で彼女が中空に描いたのは、上を向いた矢印の形。

先に指先で縦一文字を描いたときのように、光が空中に軌跡を描き、瞬間、光のヴェールが彼女の身体を包み、はじけるように消える。

光が、氷夜香の髪を煌めく色へと染めていた。

栗色だった髪は白く透き通り、わずかに青みがかった氷河の色へ。それを、まるで白糸にて編まれた滝のように背中に流し。

彼女は、戦乙女の彩で、戦場に姿を現す。

それは、遙希が金曜日の夜に氷夜香に重ねて見た戦女神そのままの髪の色だった。

美しい、と、そう思う。

遙希が今まで見てきた、どんなものより、どんな女性よりも神秘的な魅力を孕む、美しい乙女が、そこにいた。

しかし赤い巨人甲冑が氷夜香に向けた感情は、まったく違うもの。

『まさか、生身ですかっ⁉』

叫びと同時、なんの宣告もなく、いきなり薙刀を抜き、振り下ろす。

天までをも震わす轟音を伴わせ、柄の先の反り返った刃を屋上にたたきつけ更に激昂《げっこう》する。

『虚仮《こけ》にされたと受け取りましょう！　ワルキューレ同士の戦場においてなお、私ごときを相手には戦乙女の馬《アウルーラ》はおろか、戦装束を纏うまでもないと！　この戦場にありて最強の証、狼《ulfr》のケニングにある我がアウルーラを、歯牙にもかけぬと！』

氷夜香は、やはり答えない。

『後悔なさいませ！　恋を知らぬと蔑んだこと！　戦装束さえ纏わぬこと……この屈辱、我が刃にてあがなわせましょう！』

言葉と同時、赤い甲冑が屋上を蹴り、飛翔する。

揚力を得て滑空するのではない。ただ浮かび上がるように天へ上り、上空でぴたり、と静止したのだった。

狼が咆哮するがごとく、名乗りを上げる。

『刻みませい！　我が名はワルキューレ〝フルンド〟、狼《ulfr》のケニングにある戦乙女《アウルーラ》の馬、『天狼火炎焱《てんろうほむら》』を駆る戦乙女であると！』

天より薙刀の先を氷夜香に向け、朗々と、高々と。

遙希には、いったいなにが行われているのか理解が届かない。

わかったのは三つ。

あの巨大な甲冑は、アウルーラという物であること。

中に乗っている誰かの名は『フルンド』というらしい、ということ。

そしてふたりが互いを、いわゆる「ワルキューレ」であると、そう語っていること。

（ワルキューレ……？）

聞いたことのある響きだった。

小説で、ゲームで、漫画で、そしてつむぎの部屋にあった神話の本で見たことのある言葉。

北欧の神話に登場する、戦女神たち。

彼女たちは、そのワルキューレだと言う。

でも、それはあくまで活字や絵やお話の世界のことであるはずで……。

「逃げて」

そのとき氷夜香が、遙希の思考を断ち切るように、囁《ささや》くように、しかし強く言った。

「え？　どういう!?」

問いは届かない。そのときの彼女はすでに、地を蹴って駆け出していた。

駆ける氷夜香に、フルンドが告げる。

『覚悟なさいませ！』

遙希の動揺もなにもかも、結局すべては蚊帳の外ということなのか。赤い巨人甲冑が放った宣告も、まるで遙希のことなどは知らぬと言わんばかりだ。

戦いは、はじまっていた。

天に舞う赤い甲冑……『天狼火炎焱《てんろうほむら》』が、氷の髪なびかせる氷夜香に突撃を敢行《かんこう》する。

その突進は、遙希の予想を完全に裏切った挙動だった。

フルンドの巨人甲冑《アウルーラ》は、その名の通り極光《オーロラ》の帯を引いて更なる飛翔をし、天から一直線に氷夜香へと迫る。

大きく横へ跳んだ氷夜香を逃がさぬとばかりに、巨人甲冑《アウルーラ》は、まるで速度を殺すことなく、誘導するミサイルのように氷夜香を追う。追って、すれ違いざまに金属同士が弾きあう、重く、そして甲高い音が天に響く。

——瞬間、遙希の手の中で、冷たい金属の感触が存在感を増す。

(……なんだよこれ⁉)

遙希の疑問に答える者はいない。

フルンドの突撃は続く。

攻撃を躱された甲冑は、勢いを止めることなく行き過ぎると、今度は空中で無理矢理軌道をねじ曲げ、中に人が乗っているとは考えられない、それこそありえない急激さでターンをして、そこから再度の突進をかける。

二度、三度。屋上の氷夜香は、迫る質量の塊を槍で受け流し、跳び、避け、確実に突進を躱しながら槍を繰り出し、槍による一撃を重ねていく。対して甲冑の攻撃はかすることすらない、それはまるで、一方的な氷夜香の舞台のように見える。

しかし遙希にはわかる。見た目の優劣に反して、実際には槍が甲冑の厚い装甲を貫くことはない。甲冑の守りはあまりに堅固で、氷夜香が繰り出す槍の切っ先はただ金属の表面をなで、そのたびに派手な赤白色の火花を散らしているのみだった。

そして……。


――そのたびに、遙希の手の中で、冷たい金属の感触が存在感を増していく。


目の前の戦いは、金曜日の夜のものとはまったく違っていた。

あのときは双方が地上にあって切り結んでいたが、今行われているのは、開放された場所で体当たりをもって行われる、いわば空中戦だ。

あの日の戦いの決め手が「小回りが効くか否か」にあったように、ぶつかり合いであるこの戦いの行方を決めるのは純粋な重さだと言っていい。

巨人甲冑《アウルーラ》の身長は、氷夜香の倍以上だ。すなわち、体積は2×2×2で、重さは8倍。もちろんスマートな氷夜香と比べれば、その重量差がたかだか8倍程度であるはずもなく……

どんなにちいさく見積もったところで倍以上、二〇倍どころでない開きがあるはずだった。

その質量差を、女の子が、あの華奢《きゃしゃ》な身体と細い腕で裁ききれるはずがない。

それをわかっているのだろう。フルンドが、甲冑の中から叫ぶ。

『ここまで来て！　なぜ戦乙女《アウルーラ》の馬にて戦いません！』

「必要がない、それで充分でしょう？」

『……っ！　ならばその奢り、刈りましょう！』

突撃。フルンドの赤い甲冑は、点での突撃から線への攻撃へと攻め手を切り替える。

農夫が小麦の穂を鎌で刈り取るように、すれ違いざま水平に薙刀を振り抜く一閃。それは彼我の重さの差を十二分に知り尽くした攻撃だった。

氷夜香は避けきれず、横薙ぎに振り抜かれた丸太のごとき一撃がその細い身体をなぎ払う。彼女はその一撃を槍で受けると、勢いに逆らうことなく自ら後方に大きく跳んだ。

もちろん、それだけでダメージを殺しきれるはずもなく、彼女はその一合で屋上の半分の距離をはじき飛ばされてしまう。吹き飛ばされた氷夜香は、この戦いではじめてバランスを崩し、杖のように槍を地面に突いて転倒を免れた。

「……先輩っ⁉」

思わず漏れた遙希のつぶやきに呼応するように……。

──手の中に触れる幻の感触が、存在感を、更にいや増していく。

無意識にそれをつかもうとしながら、遙希は自分に問いかける。

(どうする……っていうかどうすればいいんだよ)

そんなもの、遙希にもわかっている。

逃げるべきだし、逃げるしかない。ふたりのワルキューレが互いに気を取られている今が、逃げるチャンスなのは、間違いない事実なのだから。

なのに、脚が逃げる方向に動かない。

助けなくては、と思ってしまう。

氷夜香が一撃をさばくたびに、寿命が縮むような想いが遙希の胸をわしづかみにする。

(なんでだよ……)

ひとつ言えるとするならば、生身の女の子が、目の前で傷つくのを放ってはおけないからという、それくらいしか理由が見あたらない。

(なんでだよ……オレを殺そうとしたんだぞ?)

愛していると言われて舞い上がっているからか、彼女が綺麗な顔をしているからか、それとも、もしかして遙希は、「殺す」と言われて喜ぶようなマゾだとでもいうのか。どれも違うとは思うが、それでも、助けなければならないと思ってしまう。

……どちらにしたってできることなど、なにもないのに。

なのに、氷夜香が傷つくのを見ていられないと思ってしまうのだ。

（だからさ！　どうしろって言うんだよっ）

理由のわからない焦燥感に駆られる遙希の目の前で、撃ち合いは続く。

人の腕ほどもありそうな薙刀が、暴風のように何度も振り回される。氷夜香は人の域にあらざる体裁きでそれをかわしていくが、勢いを増していく薙刀の回転にすこしずつ押され、刃をぎりぎりで躱さざるをえなくなっていく。

加速していく薙刀にはじかれ、またも氷夜香が宙を舞った。

今度は上へ。

二度、三度と、イルカがビーチボールを鼻面ではじくように、軽々と、上空へ。

氷夜香が上に、屋上を鳴動させて着地したフルンドの甲冑は下へ。この戦いではじめて、上と下、互いの位置が入れ替わる。

滞空の頂点、空中でバランスをとりながら、氷夜香がコイン大の石をふたつ空に放る。穂先ですくうように槍を振り、それを槍に装填するのが遙希には見えた。

空中で、穂先が単純な『|』の直線を描き、槍が青白い光を放つ。

廊下で遥希に槍を投げたときと同じ必殺の挙動だった。

しかし屋上に立ち顔を上げた甲冑は、残念そうにつぶやく。

『単純な矢のルーンですか……まさか戦装束を纏えぬがゆえの、やぶれかぶれというわけではありますまいが！』

言いながら、赤い甲冑自身も、印を描く。

甲冑が掲げた金属の両腕の先に、光の筋で描かれた、『く』のような文字と『Z』を逆にしたような文字が浮かび上がる。それは炎と防御の魔術を秘めた文字なのだが、当然のことながら遥希にわかるわけもない。

『カノ、そしてエイワズ……盾を……さあ抜けるはずもありますまいっ』

フルンドがつぶやくのと、上空の氷夜香が天より槍を放ったのはほとんど同時だった。

ヒュゴウッ……とでも表現するしかない強烈な風切り音。

氷の粒振りまく雷撃をまとい、氷夜香の槍は一直線に地を貫くべく、降る。

まばたきの猶予すらない一瞬で神の裁きが降るかのごとく、槍は光条となって赤い甲冑の真上に突き立った。

瞬間。なにもないと思われた甲冑の頭上に、炎の殻が現れる。氷雷の槍と炎の盾がぶつかり合い、激しいスパークを振りまきながら、互いに互いを破壊しようとする。

両者の勢いは拮抗《きっこう》している。盾は槍を弾ききることができず、槍は盾を貫ききることができない。だが、互いの力が拮抗しやがて両者が退くならば、それは守る者……すなわちフルンドの勝利となる。なぜなら引き分けは、すなわち攻める側の敗北だからだ。

しかしその予想は、氷夜香のたったひと言で崩れることになった。

「……イズ」

氷夜香の澄んだ声に反応するように。槍の穂先にもう一度『Ｉ《イズ》』の光が浮かぶ。

『倍がけですか⁉』

フルンドの焦りをすら吹き飛ばすかのように、爆発的な光がほとばしる。氷粒とスパークは、吹雪と雷鳴に進化し、炎の盾へと侵攻をはじめる。

じりじりと、深々と。

槍にコインを二枚装填したのには、こういう意味があったのだと。

やがて……ほんの数秒の後、炎の盾が限界を超え、割れる。瞬間、槍は軛《くびき》から解き放たれたように、一気に地面へと突き刺さった。

爆発的な音と圧力の奔流。炎と氷がコンクリの砂礫《されき》孕む怒濤《どとう》となって荒れ狂い、爆発的な水蒸気が全てを押し流す霧となって周囲にあふれかえる。

その圧力に吹かれて転倒しながら、遙希は見る。

爆発の中心には赤い鎧……フルンドのアウルーラがまだ立っている。

しかして、霧と煙にけぶる中にたたずむその姿は、すでに原型をとどめていなかった。

狼の兜はその半分がえぐられ、頭上にいただいた月輪《がちりん》の飾りは跡形もなく消え去っていた。右の腕は本体の一部ごと根こそぎに破壊され、全身を覆っていた和甲冑のような具足の板札《いたがさね》は、そのほとんどが吹き飛んで、アウルーラ本来の姿をさらけ出している。

そこに立っているのは、先ほどまでの和甲冑を想起させる姿ではない。むしろ、西洋の甲冑といったほうが近い女性的な人型。ワルキューレの馬と称するならば、こちらのほうがふさわしいといえる姿の巨大鎧だ。

無傷であれば美しかったのであろうそれは、氷夜香の一撃で半壊していた。

(……すごい……っていうか、すげぇ)

もう現実感のあるなしだとか妄想なんじゃないかとか、そんな逃げ道はどこにもない、むしろあまりに現実離れしすぎていて、遙希は呆気《あっけ》にとられるしかない。そもそも今の一撃に比べたら、逃げていた遙希を襲った先の投擲など、児戯に等しくすら思える。

晴れていく霧の中、そう遠くないところに、いつの間にやら屋上へと降り立った氷夜香の姿があった。

「これで、手を引いてくれる気になった？」

彼女は、自分の槍を回収しようとフルンドのアウルーラに歩み寄りながら、問いかける。

「ワルキューレ同士が、これ以上戦う理由はないでしょう？」

しかし。

赤い鎧の中から、声が漏れてくる。

『わざとはずしたなどと……』

その気であったなら、フルンドのアウルーラを完全に破壊できていた、と氷夜香は言外に言い、そんなことは到底受け入れられないと、フルンドが歯ぎしりをする音が聞こえた。

『……認め、ません』

つぶやきが、遙希にはとても危ういものに聞こえる。

そうして、歩み寄る氷夜香と甲冑の距離が充分に縮まったそのときだった。

『認めない！』

フルンドの絶叫とともに、赤いアウルーラの指先が痙攣するように動くのが、遙希の目に映った。

人間の手を模《も》した絡繰《からく》りの手首が、次の瞬間いきなり傍らの薙刀を掴む。そこからはほとんど奇襲の域。『天狼火炎焱《てんろうほむら》』は、今までのどの動きよりも速く、まるでばね仕掛けのように立ち上がる。

狙いは、間違いなく丸腰で立つ氷夜香だった。

同時。

――遙希の手、その指先と掌に触れる冷たい感触が、明確な形を為す。

ほとんど反射的に、遙希は地を蹴っていた。

何をしようというのか？　そんなこと遙希にだって、理解できていなかった。

ただ、居ても立ってもいられない気持ちが暴走したように身体が勝手に動いていて、氷夜香をかばうように、ふたりの間に割り込んでいて。

そして気がついたら、いつの間にか黄金の剣を手にしていて、その手にした黄金の輝きが、フルンドのアウルーラが振り抜いた薙刀を完全に受け止めて……いや、そのまま真っ二つに両断していたのだった。

「なんだよ、これ……」

つぶやきに応えるように……黄金の輝きを放つ両手剣に両断され、勢いよく空を舞った薙刀の先端が、遙希と氷夜香の遥か後方に落ち、突き立つ。

それで我に返ったのか、遙希に救われた娘と、遙希に武器を両断された娘。ふたりの娘が同時につぶやいた。

「……黄金なす、痛み《ヴィグネスタ》!?」

氷夜香の声は、呆然として。

『……見つけた！　この方が、わたしだけの英雄様！』

フルンドの声は、歓喜に満ちあふれている。

ふたりが、いやその場の全員が視線を吸い寄せられているその剣は、装飾に彩られてなお質実を損なわぬ剛剣だった。

刃の表面は、まるで血に染まった蛇がはうような刃文に彩られていて、亀裂のように入った細い細いスリットから、黄金色の力が、光となってあふれ出している。

遙希には、わかる。

今手にしているこの黄金の輝きこそ、ずっと昔、何年も前から目眩とともに遙希の指に触れてきた、幻の感触の正体。

わかる。これは遙希が持つべき剣で、ずっと遙希を待っていた彼自身の片割れなのだと。

その黄金を手に、遙希は言う。

「たのむから、ふたりともやめろっての！」

遙希の前から、フルンドの赤いアウルーラは数歩を下がる。

が、しかし。

それと同時に遙希の手の中から、冷たい金属の感触が消えた。

「え?」

どういう理屈なのか、よりによってのタイミングで、黄金の光放つ剣は姿を消していた。

つまり、勢い込んで割り込んだのに頼る武器を失ってしまい、遙希は動揺せざるをえないのだった。

冷や汗が背中を伝う。

「あ、えーっと……」

そんな遙希の前に、まるで遙希を護るように氷夜香が立つ。槍を手放してしまっている彼女は、これまでの戦いで何度も使った、幾何学的な文字らしき記号が刻まれたコイン大の石を手に身構えていた。

半壊したアウルーラのフルンドと、槍を失った氷夜香が改めて対峙する。その向こう側から、フルンドのつぶやきが聞こえる。

『胸が、苦しいほどに高鳴っています』

誰に向けるのでもない、自分自身に向けたつぶやきだった。

『なるほど、恋慕とはこのような……』

短い沈黙……そうして彼女は、氷夜香にではなく、多分はじめて遙希に声を向ける。

『決めました。門叶遙希殿、あなたが、わたくしの……わたくしだけの英雄様だと！』

「え、なに？　オレの名前を知ってる？　なんで？　英雄？」

しかし遙希の言葉はさらりと流される。

「言ったはず。彼はあなたの物じゃないと」

『決められる謂《い》われはありません』

（……っていうかさ）

今になって気付く。これではまるで、ふたりが遙希を取り合っているようではないか。

「な、なあ背羽先輩、どういうことだよこれ。英雄って、まさかオレのことなのか？」

その言葉に、氷夜香の背筋がこわばったような気がしたのは、文字通り気のせいだろうか。

「オレ、モテてる？」

わざとおどけて目の前の背中に問いかけてみるが、返事はない。

かわりに、氷夜香はほんの一瞬だけ振り向いて遙希を一瞥する。その瞳はぞっとするほどに冷たい、蔑みすら含んだ、いわゆる零下の視線だった。

「あ、そんなわけないですよね……」

「黙ってて」

「あ、はい」

『なんです？　殺そうとしておいて守護者気取りですか。気に入りませんね。いいでしょう、では、どちらがその方のワルキューレにふさわしいか、今ここで決着をつけ……』

天から声が降ったのは、そのときのこと。

「そこまでにしておけよ、死体運びども」

まるで、傲慢《ごうまん》と傲岸《ごうがん》が大気そのものを震わすような声の色。

王者だけが持つ尊大をただ鷹揚《おうよう》に発し、見下ろす者だけが持つ不遜をただ漏れにしたそれに、ふたりは……互いに向けていた緊張を空に向け、つられて遙希も上に目を向ける。

そこに、男がいた。

屋上出口の上に設置された給水タンクの上に、青年が立っていた。

光とは背負うものではない、ただ自分の姿を照らす者であるとばかりに、月光を全身に浴び、その青年は高みに立つ。

それは金曜日の夜に氷夜香を連れて去っていった、背の高い青年だった。

彼は、戦場の様子を睥睨《へいげい》したかと思うと、ほう、と声を上げた。

「面白いな」

戦いの後のこんな惨状を見てとっておいて、いったい何が面白いのか。目の前の男の言うことが遙希にはまったくわからない。

青年は、ワルキューレたる彼女たちに向かって、あくまで上から言葉を投げる。

「こんなところに〝和〟ルキューレか。なるほど、荊《いばら》の棘の名を持つ日本かぶれの戦女神は、今生《こんじょう》の英雄をそいつに決めた、ということか」

そいつ、とは間違いなく遙希のことだ。しかし青年がほんの一瞬だけ遙希に向けた目線には興味の色などまるでない。それはただ雑草を目にするのに等しい雑な行為だった。

フルンドは、問う。

『なにか問題でもありましょうか？』

「いやなに、俺のワルキューレがおまえの邪魔をしたというなら、謝罪のひとつもくれてやろうと思っただけのことだ」

俺の、と所有を強調するその物言いに、遙希はなぜだか、説明のつかない不快感をおぼえる。まさか嫉妬しているというわけでもあるまいが、ただその胸のざわめきは、氷夜香がフルンドのアウルーラと刃を交わしていたときに感じた不安と同質の物だと、そう遙希には思えた。

フルンドは、応える。

『いえ、此度《こたび》の件は、わたくしの先走りが原因です。あなたさまの戦女神は、功に逸《はや》るわたくしを諌《いさ》めたまでのこと。非はわたくしにあります』

まるで納得などしていない、屈辱を噛みしめるがごとき物言いだった。

だが、青年は赦《ゆる》さない。

無言で、見下《お》ろし、見下《くだ》す。

『……っ』

その無言の時間は、フルンドが心折れ、彼女の戦乙女《アウルーラ》の馬『天狼火炎《てんろうほむら》』が揺れる光のヴェールの向こうに姿を消すまで続いた。

それを見送った青年は、はじめからこの場になどまるで興味などなかったとでもいうように背を向ける。

そうして彼は氷夜香に、「来い」と命令を下す。

氷夜香は、その場に立ち止まったままで動かない。

「どうした、ルーン」

「……その名で、わたしを呼ばないで下さい」

「気むずかしいな、おまえは。だが忘れるな、今のお前は俺のワルキューレだ」

「……はい」

「諾《だく》と言わざるを得ないだろうな、ゆえにいい返事だ。さあ帰るぞルーン、そいつの魂は捨て置け、狩るのならもっと大きくなってからでなければ面白くない」

それだけを言い置き、青年は現れたときと同様、唐突に現れたオーロラの中へと、その姿を消した。

その場には、氷夜香と遙希だけが残る。氷夜香は、尊大な青年の言うがまま、遙希に背を向けてその場を立ち去ろうとしていた。

「あ、あのさ……ルーンっていったい……」

その背に、声をかける。

しかし。

彼女は、遙希に一瞥すらくれることなく……オーロラの中へと歩み去ったのだった。

オレと幼なじみ、そして、英雄と戦乙女

「はずかしいから、学校では話しかけないでくれよな」

「いや……なの？」

頭をぶんぶん横に振って。

「う、うれしいけど、オレだってはずかしいんだよ」

「うれしいの？」

「うん」

「でもダメなの？」

「うん」

しょんぼりとうつむく女の子。

少女は向かいの家の女の子で、小六の三学期に引っ越してきたばかりだった。ともだちができないままに卒業をして、中学に入ったばかりで。だからもとより引っ込み思案な彼女には、遙希《はるき》以外に、まだともだちがいない。

そんな女の子にひどいことを言ってしまったと、後悔していた。

何か言わなければと、ごめんねと。

どうしよう、どうすれば彼女は笑ってくれるだろう。

だからとっさに、だけど一所懸命考えて、男の子は、こう言ったのだった。

「あのさ！　オレ、毎朝呼びに行くから！」

「え？」

顔を上げた少女に。

「だからさ！　毎朝あの交差点まで、途中まではいっしょに行こう。帰りも図書館で待ち合わせしていっしょに帰ろう。学校が終わったらずっと一緒にいよう！」

「いやじゃないの？」

「ぜんぜんっ！」

ほんとうに、ただ恥ずかしかっただけだから。

だから遙希とつむぎは、ふたりで約束をしたのだ。

あの交差点までは仲良く、でも学校では他人のふりをしようと。

†

「おっかえりあーにーにーにー！」

「受け流しっ」

「うあっ！」

玄関をくぐるやいなや飛びついてきた義妹を、バスケットのスルーパスよろしく脇へ。

盛大に転がった妹さんは、「うう」とうめくと、何事もなかったように立ち上がって、たたきから廊下へと駆け上がった。

「おかえりあににぃ」

なぜか胸を張る妹さん。

彼女は遙希の義理の妹の門叶《とが》星冠、小学六年生。三年前までいとこだった女の子だ。本名は『とが・ティアラ』と読むのだが、本人はそれを恥ずかしがって、他人には『ほしか』と呼べと強要する（もちろんみんな、てぃあらと呼ぶ）のだった。

しかして、そんな非道《ひど》い名前を娘に残した御両親も、お空の上でお星様……今の星冠は、遙希の大事な家族、つまり妹になっているのだった。

と、そこへ。

「やー、てぃあらちゃんは元気だねー。おねえさんおばちゃんだから、疲れちゃったよ」

やっぱり星冠の名を『てぃあら』と呼びながら、階段から女の子が降りてくる。

「てぃあらじゃなくて、ほーしーかー！」

「てぃあら、でしょ？」

「うー！　うー！」

妹さんは、うーうー唸り。

「つむねーのバーカーっ！」

「む、バカって言う方がばかなんだちょー！」

女の子と星冠は、同じレベルで言い合いをしていた。

階段から下りてきた彼女は意外と言えば意外な人物……お隣り、いや正確には向かいの家に住むご近所さんにして遙希のクラスメイトの、発泡《はっぽう》つむぎだった。

ふたりの言い合いを眺めながら靴を脱ぎ、遙希は肩をすくめる。

「同レベルなのな、おまえら」

「いーじゃんべつにさー。ねぇ」

「うん！」

星冠も全面同意らしく、力一杯うなずく。

「よくねぇって。てぃあら、あと、おまえのレベルは六年生じゃなくて三年生だ」

「うー！」

「そんなわけで、おかえり遙希」

星冠の抗議をさらり流して、幼なじみは遙希の鞄を横取りした。

「あ！　それは、ほしかの役目！」

鞄を持ち上げ、つむぎは背伸びする星冠から鞄をガードする。

仲の良いそんな二人の様子を見ながら、遙希は問いかけた。

「でもどうしたよ？　いきなりさ」

「ん、遊びに来た理由？　五時間目におトイレ行ったまま帰ってこなかったでしょ。保健室で寝てたみたいだったし。どうしたのかなーって。便秘？」

「女子といっしょにするなって」

まさか、学園一人気の先輩を見に行って、保健室で寝て起きて、ついさっきまで異次元ドンパチに巻き込まれてました、とは言えないし言わない。制服がほとんど無事なのが奇跡と言えば奇跡なので、言わなくても良いならそんなことは黙っているに限る。

「べつになんにもないって。気がついたら暗くなっててびっくりしたけどさ。でも珍しいよな、ウチ来るのいつぶり？　半年？」

「んー、半日？」

「半日？」

意外な答えだった。

「てぃあらちゃんとはよく話してるよ？　そもそもてぃあらちゃんのお弁当の日は、わたしが作らせてもらってるし。おばさんから聞いてない？」

「知らなかったわ」

いや、本当に。

「ひみつにしてるからねー、ところでさ」

鞄を奪おうとがんばる星冠への牽制を継続しながら、問いかけてくる。

「ごはんは？」

「ん、まだ」

「そっかー。じゃあたまにはウチのを持ってきてあげよう。てぃあらちゃんも……」

「ほしか！」

「てぃあらちゃんも食べるでしょ？　うちのお母さんのしちゅー」

「うー」

「しちゅー」

「うぅー」

「3、2、1……」

「……食べるます！」

「よろしい」

おとなりさんは、満足げにうんうんとうなずき。

「じゃあ、アレコレ持ってくるから、てぃあらちゃん手伝って」

遙希のかばんを星冠に渡し、まるでお母さんのようにてきぱきと指示を出したつむぎは、今度は遙希に顔を近づけて、くんくんと鼻を動かしてみせた。

「なんだよ」

「遙希はお風呂に入っておくこと。なんか埃《ほこり》っぽいよ?」


風呂上がり、食卓を囲むのは遙希と星冠。

おとなりの可愛い幼なじみが纏《まと》うエプロン姿も、中学の時こそ見慣れたものだったのだけれど、高校に入ってからは初めて見る。元が器量よしなだけに、つむぎのそれは実に新鮮で眼福《がんぷく》な出で立ちだった。

(あー、新字《しんじ》あたりに見られたら殺されるな、これは)

そんな物思いにふけりながら、食事を口に運ぶ遙希に、星冠が言う。

「美味しいね、あににぃ」

「ん、全面同意だな」

ご飯は炊いてあったので、門叶家の炊飯器から茶碗へ。ニンジンごろごろ、じゃがいもほくほく、鶏肉じゅーしーのホワイトシチューと、シチューといっしょに食べる取り合わせとしては微妙な、だけど美味しいレンコンの煮物は、お隣の発泡家からやってきたものだった。

「どう、おいしい？」

「さっきも言ったけど、美味いよ。でもさ、つむぎ」

「え、な、なに？」

「いやさ……おばさん、前と味付け変わったか？」

「え？　そ、そうかな。前の方が良い？」

「どっちも超美味いけど、どっちかってとこっちのほうが好み」

「そ、そう？　そっかそうなんだ！」

うんうん、とつむぎはひとり、なぜだか嬉しそうにうなずく。

なんだか今日のつむぎはよくわからないなぁ、とジャガイモを割って口に放り込みながら、遙希はそういえば、と、気になっていたことをつむぎに訪ねることにする。

無論それは、ついさっき学校で体験したことについての疑問アレコレだった。

「あのさ、つむぎ」

「え、なになに？」

うんうんうなずき続けていたらしいつむぎは、慌てた様子で問い返す。

「いやさ、おまえ、神話とか詳しかっただろ」

「神話？」

「そう、神話。ほら、いっぱい本持ってたよな」

「詳しくはないけど」

つむぎは、うーん、とやや考え込んだようにして。

「日本神話とケルトとか、あと北欧とかゲルマンもちょっとだけ。あ、ギルガメシュ叙事詩とかのバビロニアなんかはあんまり強くないよ、カナンも。エジプトも体系立ててとか言われたらちょっと無理だから、各論でいい？　アジアは全面的にパスね。あ、でもブリヤートなら、ほんのちょっとだけ」

「や、そこまで濃いのは求めてない」

やや引く。

しかしつむぎは身を乗り出して、

「なに？　興味出てきたの？　今更《いまさら》中二病？」

詳しくはない、と言う割には、やたらと嬉しそうだった。

四年前、この街に引っ越してきたばかりのつむぎは、読書だけが趣味のおとなしい女の子だった。父親がくれたというギリシャ神話の新書が好きで、いつも肌身離さずに持ち歩いていた変な女の子だったのを覚えている。

「でさ、なに神話について？」

「ワルキューレとか出てくるやつ」

「うーん。ワルキューレだと、北欧？　だけじゃなくて、アイスランドやゲルマンとか。あと神話じゃないけどニーベルングの指環《ワーグナー》あたりも、かな。どれ」

「わからん」

「あー、それじゃあさ」

　すこしだけ迷ったような様子で悩んだ後で。

「うち、来る？」

　と問うてくる。

「いいの？」

「うん。本とか見ながら話した方がわかりやすいと思うから」

　渡りに船だった。

「じゃあお邪魔させてもらうわ」

「ほしかも行く～」

「じゃあ、一緒に行こうか」

　と、星冠を連れて行こうとするつむぎ。しかし遙希は、星冠の額をおさえて「ステイ」とひと言。

「なんでー」

「おまえは留守番。おまえとつむぎが遊んでたら、オレが質問できないだろうよ」

「うー」

「後で遊んでやるから我慢してくれって。つむぎも、それでいいだろ?」

「え?　わたし?」

　突然話を振られたことにびっくりした、というわけでもあるまいに、意見を聞かれて驚いた顔をするつむぎは、なぜだか目をそらしてみたりなどする。

　そして。

「べ、べつに遙希がそうしたいなら……いいよ」

　言葉の割にはそんなに嫌そうでもない。それで遙希は、すこしだけほっとするのだった。

†

「いらっしゃいハルちゃん」

「おばさん、おじゃましまーす」

　つむぎの時間をそのまま二〇年ほど進めたようにそっくりな彼女の母親に会釈《えしゃく》して、ほとんど一年ぶりに発泡家に上がり込む。

「すいません、勝手口から」

「いまさらなに言ってるのー。はるちゃんなら勝手に入ってきてうちの娘をさらっていってくれていいんだから。なんだか最近遊びに来てくれないもの、おばさん寂しかったんだからさー。もうね、さらわないならさっさとつむぎのお婿さんになってよ。夜這《よば》い公認？」

「はいはい、くだらないこと言ってないで」

普通なら「もうやめてよおかあさん！」とでもなりそうなところだが、当のつむぎは慣れているのか、遙希をそも男として認識していないのか、肩をすくめただけで、さっさと自分の部屋に向かってしまう。

思わずつむぎの母を見ると、彼女も肩をすくめて。

「うーん前途《ぜんと》多難《たなん》だわー、ね♪」

「や、そこでウィンクされても」

困るのだった。

「ほら、おいでおいでー」

部屋主の許可を得て踏み込んだつむぎの私室は、当たり前だけど女の子の部屋だった。

（お、女の子のにおいがする……だと⁉）

どことなく甘い香りに、すこしだけくらりとする。

考えてみたら女の子の部屋に入るなんて、本当に久しぶりだ。そもそも星冠の部屋以外は、つむぎの部屋にしか入ったことがない上に、このつむぎの部屋にだって、最後に来たのが二年生の秋だから、かれこれ二年ぶりということになる。

あのときはもっと殺風景《さっぷうけい》で、小遣いをほとんど本に費やしていたつむぎの部屋は、お母さんに買ってもらった物ばかりが埋め尽くしていた。もちろん女の子の匂いなんてしなくて、男友達の部屋と同じ感覚でお邪魔していたものなのだけれど。

それがいまや、ここは立派に女の子のお部屋。

とはいえ、べつに部屋がピンクに占領されているわけでもなければ、アクセやボディケア用品が散乱しているわけでもない。むしろそういう方向では地味と言ってもいい、穏やかな木の質感と生成《きなり》の色に埋め尽くされた空間なのだが、それでもベッドのすみに放り出されたファッション誌、そして棚の一部を占有するフォトスタンドやキャンドルなどの小物、カーテンに留められた色とりどりのクリップやピンやカチューシャが、しっかりとしたつむぎ自身の、女の子としての意志を感じさせる。

「はいはい、きょろきょろしない」

「ああ、ごめん」

「見られて困る物はないけど、はずかしいでしょ」

確かにつむぎが言うとおり、見られて困るような物はなにもないように思える。

そう……まるで誰かが来ることを待っているかのように整頓されているのだ。

(まだ恋人はいなかったよな、確か)

つむぎのことは全部知っているつもりでいたけれど、意外とそうでもないのだなぁ、と少々寂しく思ってみたり。

「あ、そのへんに座って」

「お、おお」

「なに、気になる、その人」

遙希の目を惹いたのは、置きっぱなしにしてある男性向けファッション誌だった。その表紙を飾っているのは、金曜日に見かけ、つい数時間前には目の前に現れた美貌《びぼう》の青年だった。

「ああ、さっき街で見たんだけど、誰？」

「背羽《せわ》リヒト、背羽氷夜香《ひよか》先輩のお兄さん」

「は？　背羽先輩ってアニキいたの？」

「うん。有名人だよ、大学行きながらモデルやってて、東京住まいのはずなんだけど。もしかして帰って来てるのかな？」

「みたいだな、サインもらっとけばよかったかな」

「そうかなー。わたし、あんまり好きじゃないな。この人」

「あー、同意だわ」

ふたりは、だよねー、とうなずきあう。

「それはさておき」

つむぎは、ベッドの上の雑誌のたぐいをまとめて部屋のすみによける。

そうして、改めて訊いてきた。

「えっと、ワルキューレだっけ？」

「ああ、そうそう。そっちが大事だ」

うなずいて。

「そもそもさ、ワルキューレってなんなのさ」

「そこから〜？」

つむぎは苦笑などして、そのタイミングでやってきた母親から、飲み物と食べ物の乗った盆を受け取る。

「うまくやんなさい」

「ばーか」

　そんな定番の会話をこなして母親を追い出す。つむぎが学習机に置いた盆には、細かな炭酸の粒が浮かぶ透明の清涼飲料水のグラスがふたつと、秋色の橙をうっすら纏った薯蕷《じょうよ》饅頭の乗った皿が置かれていた。

「ワルキューレっていうのはね、北欧とかの神話に出てくる女神様の名前。名前っていうか、女神様の種類みたいなもの……かな。なんか説明してみると意外と難しいなぁ」

　つむぎは本のぎっしり詰まった本棚を眺めて、腕を組む。

「えっと、オーディンっていう神様がいるの、これ覚えておいて。オーディンは一番偉い神様なんだけどね、ワルキューレはそのオーディン様の娘っていうことになってる女神様たちで、戦場で死んだ英雄の魂を、オーディン様の館に連れて行くのが仕事なの」

「死んだ英雄を……？」

　青年が、氷夜香とフルンドに向けた言葉を思い出す。彼が口にした『死体運びども』という言葉は、そういう意味だったのだ。

「うん。北欧神話の世界って、実は滅亡の日が決まっててね、そこで大戦争が起きることが決まってるの。神様はその日までに、ひとりでもたくさんの勇者を集めて、兵士を集めなくちゃいけないんだって。だから、戦場とか英雄のそばには、必ずワルキューレの姿があるわけ」

「死神っぽいよな、なんか」

「そうだねー。でも英雄と恋に落ちるヒロインの役はやっぱりワルキューレなんだよね。常に英雄の傍らに寄り添う美しき戦女神、しかして、その末路には必ず死という別離が……ね、ドラマチックじゃない？　そもそもワルキューレが死を運ぶっていう側面もあるけど、それ以上にワルキューレが見初《みそ》めるっていうことは、英雄って認められたっていうことだし、そういう意味では男の人にとっても誉れなのである……って、本に書いてあるまんま請《う》け売りだけど」

と、つむぎは、そこまでを一気に説明しきると。

「でもさ、どうしてワルキューレなの？」

と、改めて問うた。

「ん、いやさ」

どう説明したものだか迷う。

「友達が書いた小説の話だと思ってくれ」

「うん」

「主人公は英雄で王様でさ。ヒロインがお姫様でワルキューレなんだよ。で、英雄とヒロインの正体が伏せカード」

我ながら下手な物言いだと思う。特に「友達が」というあたりが嘘っぽいし、なにより、そんな小説を書いたりする友人が遙希にいないことは、つむぎがよーく知ってるはずだ。

けれど、つむぎはそこに突っ込むことなくふーん、と鼻を鳴らし。

「それなら、ね」

彼女は立ち上がり、指先で背表紙をたどりながら、何冊かの本を物色していく。

「そういうことなら、やっぱりエッダかなー。結構端的《たんてき》だからさっと読むには適してるけど……あ、北欧神話をご存じですか、とかは面白いかも……あとニーベルングも必須だよね……それから竜と勇者の物語総論、あれは、どこいったかな……」

背伸びをして、高いところの本に手を伸ばす。座って待っている遙希には、つま先立ちしたふくらはぎがまぶしかったりして、なんだかいけないものを見ているような気分になったりもするわけで。

そうこうするうちに、取り出された本の数は、女の子が抱えるには少々手に余る量になりつつあった。

「おい、持とうか」

「あ、うん、おねがい」

横に立って本を受けとる。向き合った瞬間、かすかな香りが遙希の鼻孔をくすぐり、つむぎが女の子であることを否が応にも意識してしまう。しかし当のつむぎは、遙希の戸惑いに気付くこともないらしく、無邪気に「ありがと」と微笑み。

「うん、やっぱり男の子は違うね」

と、ふたたび棚に向き直るのだった。

そのつむぎがあまりに女の子すぎて、

「ま、まあ、これくらいしか役に立たないけどな」

なんてことを、照れ隠しに口走ってしまう。

「これくらいなんて、そんなことないよ。あ、あとはこれと……」

「何冊あるんだよ……で、どこに置く？」

「ちょっと待って」

つむぎは、いそいそと、木の丸いローテーブル……つまり、ちょっとおしゃれな白木のちゃぶ台を、ベッドの方に近づけて。

「ここに置いて」

と、卓上を指さす。

つむぎの言うとおりに、遙希は、手にしていた全部で十冊近い神話本を卓上に置いた。

そのまま床に腰掛けようとした遙希だが、つむぎはその袖を引っ張ると、遙希を無理矢理ベッドに腰掛けさせる。そうして彼女は、自分もそのとなりに腰掛けたのだった。

クッションが揺れて、肩が触れる。

「おい」

「なに？」

「いや、なんで床じゃないんだよ。普通は、こう、机を挟んでだな……」

「えー、前はこうやってたじゃん？」

「あのだな、オレは今、らしくなくドキドキしているんだぞ」

「うん、やらしーね」

屈託《くったく》のない表情でニヤニヤと笑いながら、つむぎは手にした本を開く。

「それで、ワルキューレと英雄だっけ？」

「あ、ああ、そうそう」

「ヒントとかないの？」

「ヒントなぁ……」

うーん、と、うなり、遙希はオーロラの中で見た幻視を思い出そうとする。自分が見たのはいったい誰の夢だったのか……夢の中の英雄は、いったい誰を愛していたのか……。

「とにかく、姫様みたいな人がいてさ、すっごい綺麗なんだよ」

「見てきたみたいな言い方じゃない？　ていうか小説なんでしょ？　ヒロインが綺麗なのは当たり前じゃん？」

ごもっとも。

「そりゃそうか。えっとさ、なんか主人公が勇者だか英雄だっていうのは間違いないっぽい」

「まあ、北欧神話の英雄は何人もいるけど、主人公って言ったらまず一人しかいないと思う」

「誰だよ？」

「シグルズに決まってるでしょ」

聞いたことのない名前だ。

「シグルズだよ？　シ・グ・ル・ズ。聖剣グラムを手に竜を退治した北欧神話一の英雄！　わたしの憧れで理想の人！　もうね～！　男はこうね、ワイルドだけど淑女に仕える騎士様のイメージもあって、しかも無敵！　みたいな感じがしないとー！　って思うわ……け？」

あからさまにピンとこないといった顔をしていたのだろう。遙希の様子からシグルズを知らないと見てとったらしいつむぎは、ベッドの上に四つん這いになると、机の上に身を乗り出して別の本を手に取る。

期せずしてつむぎのおしりとご対面することになって、焦る。

しかも近い。

「お、おいって！」

「どうしたの？」

別の本を手にしたつむぎは、きょとんとした顔。

「な……なんでも、ない。それよりもシグルズだっけ」

「あ、うん。シグルズわかんなくても、ジークフリートならわかるよね」

ベッドに座り直すつむぎ。

確かに、その『ジークフリート』という名前なら、遙希も聞いたことがあった。アニメや漫画やゲームでよく見るもので、うろ覚えだけど、たしかファフナーだかファーヴニルだか、そんな名前のドラゴンを倒した英雄だったはずだ。

つまり順当に行けば、遙希が幻に見た英雄は、そのシグルズ……ジークフリートということになるのか。

つむぎは『北欧神話』と、そのものずばりがタイトルになった本を開き、話を続ける。

「ハルキさ、北欧神話がなんなのかって、知ってる？　オーディンが偉いっていうのはさっき話したけど、ほかにもトールとか、フレイヤとか、ルーン文字とか、そんなの」

「なんとなく。ゲームとかで」

「ならだいじょうぶかなぁ。あのね、シグルズっていうのは、その北欧神話に出てくる英雄のことで……ほとんど主人公みたいなものなんだけど……」

「へぇ」

　知らなかった。なんだか勝手に、

「オーディンとか雷神トールとかエッダさんとかラグナロクさんとか？」

　そんなのが主人公なのだと思っていた。

「エッダさんとか、ラグナロクさんは人名じゃないけどね」

「そうなのかっ⁉」

「まあいいや。じゃあ、えっとね……」

　巻頭に折りたたまれた地図のページを拡げる。

　社会の授業くらいでしか馴染みのないヨーロッパの地図を指さし。

「ここがドイツと、お隣のオーストリア。上の北極の方に飛び出したおっきな半島と、それからこっちの大きい島……アイスランドのあたりが北欧ね」

　つむぎは、ドイツと、北欧の海を隔ててイギリスよりも更に左、アイスランドのあたりに、指で○を描きながら。

「で、もともとはドイツで生まれた物語なんだけど……生まれたのがドイツだから、ぜんぶまとめてゲルマン《ドイツ》の神話。その中でも上の方……北欧のほうに伝わってたお話がとくに北欧神話で、これをアイスランドの王様とか詩人の人がまとめてくれたのがエッダ。このエッダのおかげで、日本だとゲルマン神話よりも北欧神話っていう名前の方が馴染み深くなっててね……」

「ちょい待ち。ついていけない」

「あ、ごめん」

しまったしまったと、つむぎは苦笑いをする。彼女は少々考えたあとで、手にした本をめくって、登場人物のページを開いて見せた。

「これ見て」

「おう」

「ここにね、ジークフリートについて書いてあるんだけど、これがいろいろめんどくさいんだよねー。たとえば名前が神話や物語で違って……まず古代ゲルマン民話だとそのままジークフリート。エッダだとシグルズ。ディードリヒ伝説だとジグルト。ニーベルンゲンの歌だとジーフリトで、ニーベルングの指環だとやっぱりジークフリート。どっちにしろみんな同じ人だから、とりあえずはジークフリートでいいよね？」

遙希がうなずくと、つむぎもうなずき返し、説明を続ける。

「でね……だいたい、王子として生まれたジークフリートが鍛冶師の小人に育てられて、ドラゴンや巨人を退治したり、財宝を手に入れたりするっていう話だと思っておけばいいと思う。結局、どの物語でも最後は殺されちゃうんだけどね。ばっさり、うえあー！」

「やっぱり死ぬのかよ。しかもなんだよ、うえあーって」

「悲鳴？」

　つむぎは、それはさておき、とうなずき。

「でも、本当はめちゃくちゃ強いんだよ、本当に無敵。ただ強いだけじゃなくてね、ドラゴンを倒したときに、その血をどばーって浴びてて、そのせいで傷つかない身体になってるの。ただね、背中に一カ所だけ葉っぱがくっついてたところがあって、血を浴びてないそこが弱点なんだって」

「なるほどなあ」

　改めて聞くと、知らないことばかりだ。どこかで聞いたような話もあるけれど、それはアキレス腱が弱い人で、ギリシャ神話かなにかだったような気もする。

「あと、シグルズのお兄さんのシンフィヨトリとか、ヘルギも一応英雄って呼ばれてるけど、日本じゃマイナーだし、たぶんジークフリートで決まりじゃないかなぁ」

「そっかぁ……英雄はそれでいいとしてさ、ワルキューレは？」

「ジークフリートの相手役だと、ブリュンヒルデ？　彼女はものすっごく有名なワルキューレだよ。たぶんいちばん有名かも」

「ぶりゅんひるで？　なんか違う気がするなぁ」

「だったら、ほらなんかヒント！　なんでもいいからさ！」

「ああ、そうだな」

遙希は、幻で見たお姫様のことを、覚えている範囲で、なるべくこと細かに話してみる。

「えっと、まず、お姫様は英雄のことを王様って呼んでた。なんかお嫁さんっていうのかな。奥さん？　みたいなんだよな。でもってさ、確か王様は……」

そう、王は彼女のことを。

「ルーンって呼んでた気がする」

「ルーン？　ルーン文字とかルーン魔法とかじゃなくて？　名前？」

「だと思うぞ」

「ルーンでワルキューレ……うーん。だったら、やっぱりジークフリート……シグルズで決まりじゃないかなぁ。ジークフリートは王子様で王様だし、シグルズの奥さんはグズルーンとかグドルーンっていうんだけど、エッダだとうしろ半分の主人公はほとんど彼女で、じっさいシグルズを殺されたグズルーンの敵討ちの話なんだよねー。それに場合によっては彼女もワルキューレだったっていうことになってるみたいだし」

つまり、愛する王を殺されたワルキューレの復讐物語ということか。

「美人？」

「絶世の、っていうことになってるよ」

「おー、すごいな。なにもかもぴったりだ」

「でしょ？」

「やー、すっきりしたわ。さすがだなー、はっぽーセンセーは。さんきゅーだ」

王は英雄であり、妻である王女を「ルーン」と呼ぶ。そして美しきワルキューレである王女は、王の死を見送り、涙するのだ。

なんにしろ幻視で見た光景の正体ははっきりした。やはり、王はジークフリートでワルキューレはグズルーンということなのだろう。もちろん、神話はあくまで神話であって物語で、だから幻視した風景が本物なら、そこに登場したふたりも、ジークフリートとグズルーンそのものではなくて、そのモデルになった誰かなのだろうとは思う。

あとは、あの幻視と自分が関係あるのかないのか、それからオーロラとの関係。そしてワルキューレを名告《なの》る氷夜香とフルンド、それから……あとは偉そうな青年、すなわち氷夜香の兄である背羽リヒトがいったい何者なのか、ということだけだ。

（いやいや、わかんないこと山積じゃないか。やっぱ無理にでも背羽先輩に聞いておけばよかったよな……って、無理かー）

解決したようでまったく解決してないことに気付いて、なんだか途方に暮れる。そも、この幻視の意味をひもといたところで、自分が強くなるわけでもないわけで。

と、そんなことを延々考えていたら、

「じゃあ、名探偵は、ごほうびを所望するとしますか」

「お、おう」

ごろり。つむぎは遙希のふとももを枕に、ベッドの上に横になる。

「おい、なにやってんだよ」

「だって、前はこうやってたよ？　こうやって、本読んでた」

兄妹みたいに。

つむぎは、なぜだか明後日の方を見ながら、そう言う。

視線を追えば、彼女の目は本棚を見ていた。

「失われた半年間を取り返すと決めたのですよ？　はっぽーあわわさんは。しかも今朝」

「今朝かよ」

「うん。トネリコの公園、あの分かれ道で」

「あそこで？　なんでさ」

「ひーみーつでーすー」

謎すぎる。

今朝の分かれ道で、つむぎにそんな決心をさせるなにがあったというのか。

それきり、ふたりは黙り込む。

そのままどれだけの時間が過ぎたのか、遙希の太股がしびれ始めた頃。

「ちょっとこっち向いて！」

「お、おうっ」

頭をつかまれて、無理矢理下を向かせられ。

「あのね」

そこには、真剣な顔のつむぎがいた。

「遙希にちゃんと知って欲しかったの。高校生になって友達いっぱいできたけど、みんなにいろいろ教えてもらって、すこしはおしゃれになったし、たくさん告白されるようになったけど。でもわたしは前のままのわたしなんだって」

「それは……」

そんなことは、本棚を見ればわかる。

そこには、遙希の知らない本がたくさん増えていた。でも増えた本はみんな神話とか、歴史の本ばかり。本が好きで、とても本が好きで、遙希が迎えに行くまで、ずっとひとり、市の図書館でずっと本を読んでいたつむぎのままなのだと。

つむぎは、言葉を重ねる。

「だからわたしは、前と同じがいい」

「いや、今もいっしょじゃないかよ」

「いっしょじゃない。だって、学校から家に帰っても、ずっと相手してくれないじゃない。あのね、学校では、百歩譲って今のままでいいよ。だけど帰ってからくらいは、前みたいにいっしょにいたい。仲良く本読んだり、お話ししたりしたいの」

どう答え、どう応えていいかわからない。

なぜって、放課後はつむぎが学校の仲間と過ごす大事な時間であって、遙希なんかが、つむぎの大事なプライベートを持って行っては駄目だから。だからこそ、つむぎの幸せを壊さないためにも距離をおくべきなのだ。

だから、やっと口を開く。

「駄目だって」

「遙希と仲良くしてると、わたしのともだちが離れていくって？」

「……まあな」

「あのさ、それは麻耶たちをバカにしてるよ。みんなそれくらいで友達やめたりしないもん」

「オレにはオレの生活があるの、おまえの相手してる暇なんてねぇっての」

「背羽先輩？」

「は？」

なぜそこでその名が？

「背羽先輩が、遙希の言うオレの生活ってやつ？」

「ば、ばか、ちげーよ！」

そのままもう一度の沈黙。ややあってつむぎは、

「わかった、もういい」

とため息をついた。

膝から頭をはがして、つむぎは立ち上がる。

「頑固者」

べっと舌を出し、そうして、彼女は、こう宣言したのだった。

「いいですよーだ。わたしはわたしの好きなようにやるんだもんね」

幕間　和ルキューレの夜

三叉路《さんさろ》の脇にある小さな公園には、二十メートルに近い、大きなトネリコの樹がある。

フルンドは、その高みにある太い枝に腰掛けていた。

トネリコの木は、故郷の世界樹を思い起こさせる。世界樹はいわゆる西洋トネリコで、この国にあるのは似て非なる別の種ではあるけれど、それでもこの大樹は、この街で生きるフルンドにとって、彼女だけの世界樹のようなものなのだった。

木の根元には、半壊した戦乙女《アウルーラ》の馬がもたれかけさせてある。

『天狼火炎焱《てんろうほむら》』

そう名付けられたこの赤い愛騎は、片腕と胴体の一部を破壊され、自慢の和風甲冑を模した増加装甲を全てはがされたうえに武器までもを失い、しばらくは役に立ちそうにもない。ヴェルンドの鍛冶工房に送り返しても、修繕《しゅうぜん》のすむまでにふた月はかかるだろう。

それにしても、こっぴどくやられたものだと、彼女は思う。

にもかかわらず……街を見下ろすフルンドの表情は、幸せをたたえていた。

彼女はつぶやく。

「ようよう、わたくしだけの勇者様に出会えたのですね」

よかったと、目を閉じ、胸元に手を当ててその奥にある熱を確かめる。

フルンドは、戦女神《ワルキューレ》だ――。


死せる勇者の魂を王神《オーディン》の元へと連れて行くことを役目として、人の世へと降りる女神。甲冑をまとい、アウルーラにまたがり戦場をかけ、王神の戦列に加わるにふさわしい魂を探して連れて行く。

それが、フルンドたちワルキューレに課せられた役割。

ゆえに、戦女神たるワルキューレは、『魂の資質を感じる』という、特別な力を王神より与えられている。

それはとりもなおさず、勇者の魂に惹《ひ》き付けられるということ。彼女たちにとって、見守り、添い遂げ、死して後にはその魂を自らの手で王神の元へと誘《いざな》い……そう思えるほどの勇者に出会うことは、ワルキューレとして生まれた本懐《ほんかい》を遂げることに等しい。

そして、まだ開花していないつぼみの中に、心を決められるほど大きな素質を見出すことはもう、それこそ奇跡に等しいのだ。

だから、嬉しい。

あの門叶遙希という少年が、手にした剣で『天狼火炎焱《てんろうほむら》』の薙刀《なぎなた》を切り飛ばしたあの瞬間、
フルンドはたぶん……恋に落ちてしまっていた。

それはもう、ほとんど不意打ちに近い衝撃。

彼が手にした剣が纏っていた黄金の輝きは、まごうことなく、彼の魂の光で。

その光は、強く、激しく、清冽で。

なによりも情熱的で。

フルンドは、その光に魂の奥から魅せられたのだった。

今なら、あのワルキューレが言ったことに首肯できる。

『恋をしたことも、ないくせに』

然り。

あのときのフルンドは、未だ恋を知らぬ処女《おとめ》であった。

だが、今は違う。

この胸は、ときめいている。

フルンドの英雄は、ちっぽけな、勇者のできそこないだと思っていた少年。

つい先日までは、勇者の素質を持てど、一向に育つ気配のない魂だと思っていたひとつ。

こんなにもつまらない魂なら、せめて死せる英雄《エインヘリャル》たちの盾としてでも役にたてばいいと、さっさと殺してしまうつもりだった門叶《とが》遙希《はるき》という男の子。

あの少年に、あんな資質があったなどと。

たまたま立ち寄っただけのこの街に、こんな出会いがあったなどと。

「今宵《こよい》は、ゆえに良い月夜だったのでしょう」

ゆるり、日本トネリコの木の上でもの想う。

木の下にある壊れた赤いアウルーラは、うっすら輝くオーロラのヴェールに包まれている。

その光はアウルーラの装甲が発する、只人《ただびと》からワルキューレの存在を秘するゆらめきだった。

そも、オーロラという言葉は、『戦乙女の馬《アウルーラ》』の光を見た人々が、空の光につけた名だ。

世界がまだ戦いに満ちあふれ勇者が地を埋めていた頃、人々は戦いのたび、戦場の空に舞う翠色の光を見ていたのだろう。

今は、勇者の輝きを持つ男の数も減った。

この時代、戦いは忌避《きひ》されるようになり、戦士は姿を消した。彼女たちをワルキューレと知る男の数はより少なく、ゆえにワルキューレは乙女として、常に孤独だった。

そんな時代、そんな世界で、熱く胸揺さぶる出会いに恵まれる日が来ようとは。

フルンドは想う。

確証に変えなければならない……と。

この胸の想いを、本物であるという確証に変え。

彼が、この戦女神フルンドが添い遂げるにふさわしい勇者であるという、確証に変え。

そして……燃えるような、恋をするのだ。

弁当とレシピ、本音と本音

いつもなら玄関前で待っているはずのつむぎは、そこにいなかった。

昨夜あんな感じで別れたのもあったので、それで顔を出しづらいのかと心配になって呼びには行ってみたのだけれど、彼女はひと足お先に学校へ行った後だったのだ。

「おかしいわね。でもなんだか、今朝は妙に張り切ってたみたいだから、お昼を楽しみにしてていいんじゃないかな？　かな？」

なんてつむぎの母は言うけれど、なにか用事がある日や、ひとりで考えたいことがある日なんかは、こうやって何も言わずに一人で登校することもないではないわけで。

とまあ、そんなわけで、今朝の遙希《はるき》はひとりで学校へ向かっている。

学校へ向けて歩くこと三十分。

つむぎがいないのにもかかわらず、トネリコの木の公園角を、わざわざ遠回りである右に曲がったのは、なんというか単純にいつもの癖だった。

「そうそう、こんな朝のオレをなぐさめてくれるのは、いばらさんだけですよー」

せっかく曲がってしまったのなら、と、小さな神社の鳥居前で掃除をしているであろう黒髪の美少女に、いつものように毒舌混じりの慰めを求めてみることにする。

ところが……いばらに会うのを楽しみにしてきたというのに、こんな日に限って、なぜだか彼女はいなかった。

周囲はしん、としている。

神社の側には木に閉ざされた山があるだけ。道を挟んで反対側には、刈り入れが終わって土が茶色い地肌を晒《さら》す田畑。向こうの方に街が見えるけれど、それはあくまで景色。

神社の入り口脇にある、小さな和菓子販売所もまだ開店前で、そこにもまだ人の気配はない。

それどころか、違う高校の自転車通学をしている生徒が、順に数人通り過ぎていってからは、人の通る気配もない有様だった。

がらんとした静けさの中に、ひとり取り残された気分を味わう。

一度も朝の掃除をさぼったことがない、と豪語《ごうご》していたはずのいばらの姿がないことを、ちょっとだけ心配に思う。

とはいえ、参道を上がって神職のお宅にお邪魔して、「いばらさんは風邪でもひきましたか？」などと聞きに行くわけにもいかないだろう。

そんなわけで、遥希は観念してフツウに学校へ向かうことにせざるを得ないのだった。

†

「ねえトーガ、噂は聞いているかい？」

四十物新字《あいものしんじ》は、教室に入った遥希の姿を見つけると、それまで話していた集団を離れて、ふらふらと遙希の方へと寄ってきた。

まるでコロニーを離れる細菌の株のようだ……そんな感想で友人を迎えながら、遙希は自分の机の上に鞄を置いて、購買で買ったミルクのパックにストローを刺す。

(つむぎは……)

彼女は自分の席にいた。一瞬だけ目があったのだが、すぐに前を向いてしまう。学校では他人っぽく振る舞う約束なので、普段と同じといえば同じなのだけど、昨日あんな事があっただけに、やはり少しだけ気になってしまうわけで。

とはいえ、わからないものはわからないので、とりあえず肩をすくめてから。

「なんだよ噂って」

と、まずは新字に問い返す。

「来たばかりだから知らなくても当然だね。噂は噂、口を尊ぶと書くわけだから、あまりバカにしたものでもないよ」

「それで?」

「うん、聞く体制になってくれた。そうだね、黙っていてもいずれ君の耳には入るだろうけれど、昼休みの僕のかわりに、先回りして伝えておこうと思う」

つまり遙希には、そんな噂ひとつでも、新字以外からは伝わらないと言いたいわけか。

ちょっとむっとする。

「いや、いい。昼休みのお前に会ったら聞くよ」

「気を悪くしたかい？　まあ、そう言わずに聞いてくれよ。実は、屋上が立ち入り禁止になっているんだ。しかも四階の階段に立ち入り禁止のガムテープが貼られていて、教師陣の中でもひと際屈強な、体育のガンツが門番を務めているらしい。それでも勇者はいてね、勇敢で無謀な先輩の現地報告によると、扉は周辺の鉄筋もろとも吹っ飛んでて、爆弾でも使ったんじゃないかって有様だそうだ」

ぶっ、と牛乳を吹き出しそうになる。

どう考えても、昨日の夕刻、オーロラの中で行われた氷夜香とフルンドの戦いの余波だった。まあ正確には扉を吹っ飛ばしたのはフルンドではないので、犯人は氷夜香なのだけど。

「あー、あれかぁ……」

思わずそんな言葉が漏れる。

「周知かい？　なら、視聴覚ＰＣ室と技術家庭科室が閉鎖されてるのは？」

「いや」

頭を横にふるふる。

もちろん技術家庭科室は……遙希に向けて投げられた槍が破壊した……ので、閉鎖されているのも想像に難くないけれど、視聴覚ＰＣ室のことは知らない。

確か視聴覚ＰＣ室は四階……最上階だったはずだが……。

「要はこちらも閉鎖されてるんだけどね、まあ、勇者はどこにでもいるのさ。技術家庭科教室は、とにかく中がメチャクチャで、視聴覚ＰＣ室に至っては、天井に穴が空いてるらしい。しかも熱で溶けてるみたいなんだ。隕石でも落ちたんじゃないかって話だよ」

それはたぶん、フルンドの薙刀が屋上に開けたクレーターの穴じゃないか……などと言えるはずもない。

だから遙希は、牛乳をちゅちゅちゅー、とすることで、とりあえず『興味なし』という意志を新字に伝えるにとどめることにした。

「興味なし、かい。これはこれで、きみの退屈を埋める役には立つと思うのだけどね。実はね、生徒の中に昨日学校を囲むオーロラを見た、って言ってる人がいるらしいんだ」

「っ⁉」

思わずむせそうになる。

「そうさ、きみが見る、あれだよ。前から言ってるように、みんなは信じていないし、信じないだろうけれど、僕はそこに一握の真実くらいはあると考えているんだ。どうだい、興味がわいてきたんじゃないかな？」

うなずきかけて、冷静になる。

確かに昨日……いや、金曜日までの自分なら、新字の話に即座に飛びついたに違いない。

しかし今となっては、もはやオーロラは自分ひとりの世界にある物ではなくなっている。それはむしろ、あっちの世界とこっちの世界を隔てるカーテンのような物で。

そして自分は多分、あっち側の世界に片足を突っ込んでしまっているのだろうとも思う。

だからオーロラを見たという人がこの学校にいることそのものに興味はあるが、氷夜香やフルンド、謎の青年、彼らのようにそれが……場合によっては敵でないとも限らない。

そうだ。

氷夜香とフルンドは、とりあえず遙希の命を狙うことをやめてくれたようではあるけれど、それだって昨日だけとりあえずという話かも知れないわけで。ここで自分がそっち側の人間であるとばらして、敵を増やすこともない、とは思う。

(……っていうか、敵を増やすって……)

脳裏に浮かんだ言葉のありえなさで、今更ながら、自分の置かれた状況の異様さに気付く。

「なんだか、思うところがありそうだね、トーガ」

「ああ、今日はまっすぐ帰ろうと思う。明日は休むかもしれない。マジで」

命のためとか、命のためとか、主に命のために。

遙希のそんな返事に不思議そうな顔をする新字だったが、しばしあって肩をすくめると、なにかに得心したようにして、

「それがいいね、そういう顔をしてるよ」

そう言った。

しかし……。

放課後を待たずにその場で帰っておくべきだったと、その選択を後悔することになるとは、そのときの遙希には、まだ想像もつかないことなのだった。

†

とりあえず、今日の授業だけは受けよう……そう決めて昼休み。

購買に駆けていく新字を見送り、遙希自身は手に五百円玉を握りしめたままゆっくりと、席を立つ十分後を待っていた。

パンの争奪戦は購買部の華だが、それに参加するつもりはない。むしろ、売れ残ってほんの数十円安くなった余り物を狙うのが遙希のジャスティスだ。

そんなわけで。

(ところでつむぎは……)

と、朝からあいさつのひとつも交わせていない幼なじみをさがす。休み時間のたびに目は合うのだが、そのたびにふい、とそっぽを向かれて、つむぎは教室から出て行ってしまい、授業が始まる直前まで帰ってこないのだった。

で、この昼休みのつむぎはというと、彼女にしては珍しく、友人たちとの昼食に参加するため席を移動することもないまま、自分の席に座っていた。

しかも相当に難しい、それこそ本当に厳しい顔でじっと廊下側を見ている。

まるで、親の敵を見るような目だった。

(なんだ?)

晩秋とはいえ暖房器具に頼るほどではない今の季節、教室の廊下側の窓は当たり前に大きく開放されているのだけれど。

と、そこで違和感に気付く。

教室が、不自然な沈黙とざわめきにさざめいていた。

皆の視線は一点に集まっている。

それは教室の前側にある入り口で、もちろん、つむぎが見ているのも皆と同じ場所だ。

そこには……。

(なっ……⁉)

氷夜香がいた。

この場には不釣り合いなほどに整った美貌《びぼう》の上級生が、凛《りん》とした立ち姿でそこに立っているのだった。

ほとんどブロンドにすら見える、薄い栗色をした長い髪をさらりと背に流した麗人。涼しい瞳にやわらかな笑みをたたえた彼女は、やはり今までに見てきた誰よりも美しかった。

美人と、愛らしいの共存した、それはやはり、神の造形。

あの人に殺されそうになったというのに、それでもその姿を見れば、まるで最上の彫刻を眺めているような感動をおさえることができない。

みなはついに口を閉じ、もはやクラスにはざわめきもない。歩く伝説と化している先輩がいったい誰に用事なのかと、沈黙のままに、皆が彼女の一挙手一投足を固唾をのんで見守るモードに入っていた。

氷夜香は、クラス委員の原沙美花と何事かを話しているようだった。やがて美花は、やや釈然《しゃくぜん》としない、というよりは疑問いっぱいの顔をしてうなずくと、氷夜香を伴って教室内に踏み込んできたのだった。

ずんずんと、なぜか遙希をにらみながら近づいてくる美花。

そうして美花は、そのまま遙希の机脇に、自分の席から運んできた椅子を置いて。

よりにもよって。

「どうぞどうぞ」

と、氷夜香にそこを指し示したのだった。

「ありがとう、失礼するわね」

短く礼を述べて、氷夜香は遙希の隣、肩が触れそうな距離に並んで座る。

良い匂いだった。

うっすらと香るのは、トリートメントの残り香だろうか。ほのかに甘いそれは、ほんの少し鼻孔をくすぐると、春先の微風のようにさっと溶けてどこかへ消えていった。

つむぎとはまた少し違う女の子の香りに、ふわっと幸せな……。

(じゃない！　そうじゃなくて！)

なにごとが起きているのか、遙希にはまったくもって理解できないままに事は進む。

皆の憧れる先輩は、手にした荷物を遙希の目の前に置いていた。そうして疑問を差し挟みこむ余地を誰にも与えないまま、彼女は当たり前のようにその包みを開く。

それは、いわゆるお弁当箱で、中身は当然のことながらお弁当というわけで。

「口に合うかわからないけれど、どうぞ、門叶遙希くん」

卵に魚、木の実、穀物……。ところどころに橙や緑の野菜を散らして秋の彩りを意識した、まるで紅葉狩りにでも行くような豪華さの、美しい箱庭のような重箱。

氷夜香は、窓の外にある風景の色に目を細めて、言う。

「紅葉狩《もみじが》りを意識してみたの、本当に良い季節だとは思わない？」

正解だった。

「ありえねーっ！」

男子も女子もなく、教室のあちこちでそんな声が上がる。

叫びたいのは遙希も同じだ。

昨日殺そうとしておいてなぜ今日はこれなわけ⁉

意味がわからなさすぎる。

すると。

「昨日の夜のことは、忘れてもらえない？」

「ちょ⁉　せんぱ……」

「「「夜のことだとっっっー⁉」」」

全方位から視線の槍、しかもとびっきり痛そうな奴（抜け防止の返し付き）が突き刺さる。

逃げるに逃げられない視線の檻に包囲された遙希は、冷や汗を背中一面にどばどばと流すことしかできない。

郵便はがき

お手数ですが、
「50円切手」を
貼り付けて、
お送りください。

150-0031

東京都渋谷区
桜丘2番9号
第1カスヤビル5階

株式会社創芸社
編集部 クリア文庫 係

ご住所（〒　　　　　）	
お名前（ふりがな）	年齢　　　　歳
	性別（　男　・　女　）
ご職業 1. 学生（小学生／中学生／高校生／専門学校／大学生／大学院生） 2. 会社員・公務員　3. 自営業　4. 自由業　5. 主婦 6. その他（　　　　　　　　）	

SCB
創芸社クリア文庫

抽選で毎月5名様に粗品を差し上げます！

この度は、創芸社クリア文庫をご購読いただき、ありがとうございました。裏面のアンケートにお答えください。今後の発刊のための資料として、大切に活用させていただきます。

※お客様にご記入いただきました個人情報につきましては、当社の商品やサービスのご案内のために利用し、他の目的には利用いたしません。

創芸社クリア文庫に関するアンケート

◆今回お買い上げのタイトル

（　　　　　　　　　　　　　　　　　　　　　　　　）

◆本書をどこでお知りになりましたか？（複数回答可）

1. 書店　　2. 公式サイト　　3. その他インターネット
4. 人に勧められて　5. その他（　　　）

◆本書にについて感想を教えてください。

・ストーリーが　1. 良い　2. 普通　3. 悪い
・イラストが　1. 良い　2. 普通　3. 悪い
・キャラクターが　1. 良い　2. 普通　3. 悪い
・設定が　1. 良い　2. 普通　3. 悪い
・タイトルが　1. 良い　2. 普通　3. 悪い

◆よく購読される雑誌があれば、教えてください。

（　　　　　　　　　　　）（　　　　　　　　　　　）

◆現在、気になる作家・イラストレーターはいますか？

・作家　（　　　　　　　　　　　　）
・イラストレーター（　　　　　　　　　　　　）

◆本書に対するご意見、ご感想を自由にお書きください。

（え、えっとだな、忘れてくれってことは、とりあえず「命の危機はないようだ」と思っていいんだよな……）

前向きに、無理にでも前向きに！　空元気も元気！　借金もお金！　そうなればまずクリアしなければならないのは、これはいったいこれはどういうことなのかということで。

で、それを訊ねようと……した、その瞬間だった。

前の席の机が動いて遙希の机と合体して……。

ドン！　という音をさせて、かわいい蛍光グリーンの大判ハンカチに包まれた弁当箱が、そこに置かれる。

「つむぎ？」

「お弁当作ってきたの、遙希の好きなものいっぱいだよ」

にっこり。

これは、もしかして……と、冷や汗。

包みはひとつだけど、弁当箱はふたつ。つむぎは女の子ゆえにこれを全部一人で食べられるわけもなく、周囲は遠巻きにされて、その余った弁当を食べる担当は遙希以外にはいない。

というか、『遙希の好きなものいっぱい』と、つむぎが言ったばかりだった。

どれだけ遙希が阿呆でもわかる。

この弁当は遥希用だ。

でもって。

ふたりの本当の気持ちはどうあれ、クラスの面々から見れば、これはどうあったって、『ふたりの女の子が一人の男の子を取り合ってお弁当合戦』……の図式だった。

もちろん言い訳なぞ、介在する余地もない。

「あ、あのさぁ、これって……」

そこまで言って、これはまずいと冷や汗を流す。まずはじめにどちらに話しかけるべきなのかすら闇の中で、これって実は、そんな判断ひとつで運命が変わってしまうくらいデリケートな問題なのでは!?　とさえ思えてしまう。いやいやあまりに繊細な選択肢すぎる……とばかりに友人の力を借りようと教室内を見回すものの、頼みの綱の四十物新字くんは、まだ購買から帰ってきていないらしい。それどころか必死の救世主探しは、むしろ教室中の注目がこっちを向いているのを再確認するだけという最悪の結果に終わるのだった。

ちなみにざっと見た感じでは、女子の八割は疑問顔。つむぎの友人たちはつむぎを応援している様子なのだけど、なぜか遥希をにらみつけていて、男子に至っては当たり前のように怨念だけが遥希に向けられている。

（孤立無縁で孤立無援かよ……）

誤解なのだと説明もできず、教室という大海にひとりきり。

（っていうかさ……）

そもそもつむぎの弁当は、昨日の夜に彼女が話したように『中学校の頃のように仲良くしたい、他人の振りはもうイヤだ』という話の延長だろう。氷夜香に至っては、なんでこんなことをしているのかがまったくわからないという始末だ。

そう、無理矢理想像するなら、昨日のお詫びといったところか？

だから、べつにこれは惚れた腫れたとかの話じゃないはずなのに……。

「遙希、昨日のシチューおいしかったよねっ」

はい、いきなりつむぎのターン！

幼なじみは遙希の対面から満面の笑みで、というよりも、ほとんど笑顔を押しつけるようにして問うてくる。

教室内では、各方面からざわめきがあがる。

「シチュー!?」「おい、シチューってなんだよ！」「なんで門叶のバカがオレのつむぎんにしちゅー？」「ちゅー!?」「ちげーよ！」「おまえのつむぎんじゃねぇよ！」「つむぎはオレのだっての！」「そうじゃなくてさ！」「知らなかったのかよ、あそこお隣さんなんだよ」「ばっか、お隣だからっていっしょに晩飯とかねーよ！」「問題はそこじゃないだろうがっ！　俺らのあわわちゃんが門叶のアホとつきあってるってことだよ！」

「「「あんだっってー！」」」

「つきあってねーよ！」

思わず突っ込む遙希。

しかしつむぎは我関せずで、ハルキの顔を両手で強引に前向かせ。

「ハルキ、オレ好みって、言ってくれたよ、ね？」

「お、おう……」

「よかった！」

わざとらしいことこの上ないジェスチャーで、手などあわせてみたり。

「あのシチューね、本当はママじゃなくてわたしが作ったの。ハルキ、牛乳好きだからちょっと多めにしてみたんだけど、やっぱり思ったとお……」

「はい、門叶くん。あーん」

横からの不意打ちに、差し出されたものを、ぱくり。

「「「あーんだっってー！」」」

突然やってきた氷夜香のターンに、またもクラスが大合唱。

口の中に差し込まれたのは、肉じゃがのジャガイモだった。

白醤油が薄く全体にしっとりしみて。なんというか、冷めているのにほくほくとした絶品。

みりんの加減も絶妙で上品に甘辛、正直に言ってこれだけでご飯何杯でもいけるひと品だ。

なので。

「あ、おいしい……すごく」

と、素で言ってしまう。

「よかった、きみの口に合うか、少し心配だったの」

控えめな華が開くような、高嶺の花の喜びの笑み。

教室内のざわめきは、もはや悲鳴だった。

「意味わかんねーよ！」「あわわちゃんだけじゃなく我が校の女神まで！」「俺たちの三学年縦断抜け駆け禁止&女神不可侵条約はなんだったんだ！」「ばっか条約なんかなくたってあんな美人がおまえの相手なんかしねっての」「だったらなんで氷夜香先輩が門叶ごときのためにべんとーっ⁉」「嘘だよな！　たのむ！　誰か嘘だって言ってくれよ！」「嘘っ！」「うるせー！」「てか、あーん、ってなんだよ！　あーんってよ！」「うらやましすぎる！」「ウラヤマシスギル！」「なぜか変換できない！」「殺せ！　門叶を殺せ！」

「「「門叶を殺せ！」」」

「待てこら！」

「やあトーガ、楽しそうだね」

いつの間にか購買から帰って来たらしい新字が、横を通り過ぎながらミルクを放ってよこす。

「お、おお、さんきゅ」

それを受け取り、心を落ち着けようとパックにストローを刺す。そうして友人という救世主に助けを求めようとしたら……。

新字は、すでにいちばん離れた席に陣取ってパンを喰んでいた。傍観者気取り満々の親友の様子に切れてやろうかと思うが、彼奴《きゃつ》はあろうことかスマートフォンにイヤホンなどをつないで、我関せずとばかりに音楽など聴き始めるのだった。

（く……あとで殺すからな新字……って、ん？）

正面を向いたら、幼なじみがじっとこっちを見ていた。

「えっと……つむぎ？」

なんだか真っ赤になって箸を突き出して来ているつむぎだが、箸の先にはもも肉半分くらいあるんじゃないかとおぼしき、特大の唐揚げなどがつままれている。

「遙希、あ、あーん」

氷夜香に対抗しているらしいつむぎの箸につままれた巨大唐揚げを前に、困り果てる遙希。

「おいつむぎ、みんなに勘違いされるって」

「ぁ……あーん」

もう一度あーんとか言う。

ぷるぷると震える手元、振動が増幅されてぶれまくって分身まではじめる唐揚げ。

落ちてはたいへん！　と、遥希はそれをつまんで、仕方なく口に運ぶ。食べ慣れた、というほどではないけれど、勝手知ったる大好きな発泡《はっぽう》家の味だった。

「どう？」

その質問には、唐揚げを飲み込んでから。

「いや、そりゃ美味いに決まってるだ……ろ」

「はい、門叶くん、あーん」

今度は氷夜香だった。

「背羽《せわ》先輩！　邪魔をしないでください！」

「あなたこそ、邪魔をしないでもらえる？」

つむぎの抗議をさらりと受け流し、氷夜香の箸はなにかの佃煮を遥希の口に運ぶ。

これはまた、知らない味。

「……なんです？」

「鯨。良いのが入ったから。アイスランドでは普通に食べるのだけれど、苦手だった？」

「や、ぜんぜんそんなことないです」

というより、なぜアイスランド？　ワルキューレだから北欧？

「そう。じゃあ、こっちの……」

ばん！　と教室中に響く音。

氷夜香の言葉を遮るがごとく机をたたき、ついにつむぎが立ち上がる。

「背羽先輩！」

もう我慢できないとばかりに、身を乗り出すつむぎに対して、なにかしら？　とすら口にせず、氷夜香は視線だけで激昂《げっこう》の理由を問いただす。その様子を余裕ととったのか、つむぎは顔を真っ赤にして、声を荒げた。

「お、お弁当の邪魔をしないでください！」

がしゃん、と音がした。

場が凍る。

興奮のあまり、つむぎが手を横に大きく払った拍子のことだった。手の甲が、氷夜香の弁当箱をはじき、机の下へとたたき落としてしまっていたのだった。

「あ……」

しまったと、とりかえしのつかないことをしてしまったと、つむぎの表情が後悔に染まる。

わざとでないことは皆わかっている。それでも覆しがたい気まずさが重い澱《おり》となって、一瞬で教室に充満してしまっていた。

涙目で、誰に助けを求めることもできずさまよっていたその目線は、やがて遙希へと向けられる。しかし遙希だって当事者だ、そんなのどうにかできるわけがない。

氷夜香は椅子を引いて立ち上がる。

びくっと身をすくませたつむぎを一顧《いっこ》だにせず、校内随一の麗人はその場にしゃがみ込むと、床に散らばった弁当を無言で拾い始めた。

「お、おいつむぎ……」

「遙希はだまってて！」

とりあえずあやまるべきだと、そう言いかけた遙希を遮る。彼女は涙をこらえ、後戻りなどできないとばかりに、散乱してしまった弁当を集める氷夜香に向けて声を投げつける。

「ど、どうしてなんですか！」

追い打ちをするような呼びかけに、氷夜香が顔を上げる。

「どうして背羽先輩は、わたしたちのお弁当の邪魔をするんですか！　いきなり遙希にお弁当とか、なんの嫌がらせなんですかっ！」

しかして、氷夜香の返答は簡潔。

「愛しているから」

「え……」

疑問の声を上げてしまったのは、つむぎを止めようとして立ち上がっていた遙希だった、
氷夜香はそれきり、もくもくと弁当を拾い集める。

そうして、弁当を集めた箱を卓上に載せて、

「門叶くんには、そう伝えたつもりだけど？」

そう言ったでしょう？　と、遙希を見た。

彼女は嘘を言ってはいない。「愛してる」と、金曜日の帰り道と昨日の保健室で、確かに、二度も遙希に告げていた。

一方、誰に聞かれてもいないのに、つむぎは言う。

「わ、わたしは、幼なじみだからっ」

「そうね」

「わ、わたしのほうが！　わたしのほうが長くいっしょにいてっ、それでっ……」

しかし、静かな表情のままに氷夜香から放たれた言ノ葉が、つむぎにとどめを刺す。

「でもそれだけでは、彼の恋人はつとまらないわね」

つむぎはもちろん、遙希どころか教室全体が息をのむ。

完全に凍り付いた教室の中で、動いているのは氷夜香だけだった。

「門叶くん」

「え、あ、はい」

「ごめんなさい、お昼ご飯は、彼女の可愛いお弁当を食べてあげて」

唖然《あぜん》とする一同の中、彼女はてきぱきと弁当箱にふたをして、布巾に包んで鞄に入れる。

そうして、

「また放課後に」

とだけ言い残して、遙希たちの教室を後にした。

微妙な空気に包まれる中、つむぎの周囲にはすぐに彼女の友人たちが集まってしまう。

遙希は、つむぎにはなしかけることもできず、ただ立ち尽くすことしかできなかった。

†

「まったくもって情けないと思うよ、トーガ」

「うるせー」

授業は終わり、放課後。

そそくさと、真っ先に教室を逃げ出した遙希は、新字を伴って校門へと向かっていた。

「ねえトーガ、発泡さんはまだ教室だよ？」

新字は、遙希の後ろを歩きつつ、そんなことを言う。

昼の件があってからの教室は、授業を受け持つ教師が不審に思うくらいにはおかしかった。

遙希を飛ばしてクラス内回覧板（という名の何事かが書かれた紙切れ）が回されたり、五時間目の休みには、つむぎをなぐさめる友人の人垣が彼女の周囲にできていたり、遙希の顔をおがみに来た知らない上級生にそこそこ頭に来る罵詈雑言《ばりぞうごん》をあびせかけられたりと、そんな心温まるエピソードが目白押しになるくらいには。

「傷心の発泡さんに、声をかけてあげなくていいのかい？」

「無理だっての！」

「何が無理なんだい？　発泡さんへのフォローもなく、みんなへの言い訳もない。もちろん、今はこうやって背羽先輩から逃げている。これじゃあ明日から、トーガはクラスの鼻つまみ者、場合によっては学校中を敵に回したも同然だ。今までだってさして皆と良好な関係を築いているとはいえなかった君が、それでもクラスからはじき出されなかったのはね、トーガ、きみが我が学年で五本指に入る人気者、発泡さんの幼なじみだったからにすぎないんだからね」

「わかってるよ」

「わかってないね。だったらすぐにでも発泡さんを追うべきだ」

「……追ってどうするんだよ」

「抱きしめてあげればいいさ」

「は？」

間抜けな顔で聞き返してしまう。

「泡と抱は似てるよね」

「いやそれはいい。それより何で？　オレが？」

抱きしめるって？

「そう、トーガ、きみがこう、彼女を抱きしめて『ごめんよ。オレが大事なのはちゅむぎなんだ』と、それだけのことじゃないか」

「頭がかわいそうなんだな、新字は。そんなのつむぎが迷惑するだろうがさ」

「いや、かわいそうなのは発泡さんで、頭がかわいそうなのはトーガだと思うよ」

「おまえはわかってない」

と、タメイキ。

新字にどう見えているのかは知らないが……と遙希は心中嘆息《たんそく》する。遙希とつむぎはそんな関係ではないし、すくなくとも、つむぎは遙希に恋愛感情など抱いてはいないだろう。今日のお弁当だって、中学生のときみたいに仲良くしたいというつむぎの気持ち、そのあらわれというだけのことであって、別に他意があったわけではあるまい。

「ていうか、いいのかよ、おまえこそオレといたらまずいんじゃないのかよ」

「別に」

新字は、白々しく笑みなど浮かべ。

「僕はそもそも、トーガと違って交友関係が広いからね。広く浅くで、僕が君とつるんでるのは、おもしろいおもちゃを観察している、くらいにしかみんな思ってないよ。そうだね、ありていにいえば、僕を君の側ではなく、彼らの側の人間だと思ってるってところかな」

「そうなのか？」

「どうだろうね。ただ彼らの前ではこんなことを言わないのは確かだね。僕はこれでも、玩具と置物なら玩具を大切にする方……おっと、いけないいけない。僕はこれで退散することにするよ、なにも好き好んでサンドイッチの具になるつもりはないからね。じゃあ、うまくやってくれよ、トーガ」

調子よくぺらぺらと話していたのに突然話を切り上げ、新字は「それじゃあ」とその場から撤退する。なぜだか校舎の方へと消えていく新字を、半ばあきれながらもなんとなく目で追い、それから遙希はひとり校舎東側の正門へ……。

そこで、新字が逃げた理由の一端に触れ、天を仰ぐ。

もちろん、向こうがそれで遙希を見逃してくれるわけもなく。

「あら、早かったのね」

そう……。

校門の前には綺麗な上級生がいて、ひとり遙希を待っていたのだった。

†

（くっそ……新字の奴、気付いて逃げやがったな、絶対）

氷夜香と二人、並んで坂道を上がりながら、遙希は心中で毒づいていた。

『出会いたくなかったら表の校門を使うといい。いつも裏門側を使っている君の行動パターンくらい、向こうもきっとお見通しだと思うよ』

あのさわやかすぎる笑みをこそ、怪しいと思うべきだった、と、そんな後悔をしたところで後の祭り。新字の言葉に従ったばかりに、遙希はこうして、氷夜香と帰り道をご一緒することになっている。

嫌なのかと問われれば、別にそんなことはない。

正直な話をするなら、なにがどうなっているのか、それを問いただす絶好のチャンスだとさえ思ってはいる。ただ、いまだに彼女の真意が読み取れないがゆえに、なにをどうとらえて、どう理解して、どうやってこの綺麗な上級生に相対すればいいのかわからないのだ。

言葉を探しあぐねる。会話もないまま、遙希が前で氷夜香が一歩後ろ、そんなポジションでもって街へと続く道をただ黙々と歩く。

気になって振り返れば、氷夜香はいつものすまし顔。

つまり、やたらと緊張してあれこれ考えてテンパッているのは遙希だけで、肝心の氷夜香の方は、いつもどおりだということらしい。

(ああもう、どうしろって……)

空を振り仰げば、紅葉の坂道は、公孫樹《いちょう》の黄色と椛《もみじ》の赤に染まっていた。

やがて沈黙を破って、氷夜香が唇を開く。

「このあたりの公孫樹は、全部雄株なのね」

木々を見上げる彼女の表情はとてもおだやかで。舞う木の葉を眺めながら、ほほにかかる髪をかきあげる仕草は、それだけで見惚れるほどに美しい。

というか、思わず今の状況も忘れて見入ってしまっていた。

「なに?」

そんな遙希の視線に気付き、氷夜香が小首をかしげる。

「あ、いや、なんでもないです」

「そう?」

くすり、と氷夜香は笑う。

それだけで……。

たったそれだけのことで遙希は、脳天をハンマーで殴られたような衝撃を受け、一瞬息を詰まらせてしまっていた。

笑顔まで綺麗——だからというだけではない。

その笑みがあまりに違いすぎて、その驚きに胸をわしづかみにされてしまったのだった。

たったひとつ吐息が漏れただけの小さな微笑みだけれど、それはとても自然な笑顔だった。廊下で見かけたときも、フルンドのアウルーラから助けてくれたときも、二年生の教室で授業を受けているときも、屋上で襲われたときも、お弁当のときにも見せることのなかったやわらかな表情は、はじめて見るもので……。

いや、違う。一度だけ、遙希は氷夜香のこんな素顔を目にしていた。確か、保健室で目を覚ましたときに見た微笑みが、こんな感じだったはずだ。

それは、なにかを押し殺した、ゆえに綺麗に整ったありかたではなくて、構えることを忘れてしまったように無防備な素顔。それは生き生きとしていて……今まで見てきた、ただ美しいだけの彼女よりも数段魅力的に、遙希の目にはそう映る。

なにが彼女をそうさせているのかはわからないけれど、普段もこういう表情をしていれば、それこそ無敵なのに、と思う。

もちろん無敵すぎて、それはそれで困るような気もするけど……それにしても。

「もったいないよな」

「なにが、かしら？」

その問いには答えない。何も教えてくれない氷夜香にそれを教えるのは癪《しゃく》に障《さわ》るし、なによりも遙希の口は、そんな気障《きざ》なセリフを言えるようにできてはいなかった。

すると。

「あら、門叶君は女の子をいじめるのが趣味なの？」

（っ……⁉）

おかしい。

あまりに無防備に過ぎる。

今の氷夜香は、ほとんどノーガードにも等しい気がする。

背羽氷夜香という先輩は、遙希にはそも遠すぎて、いうなればモニタの向こうの役者であり、ショーウィンドウの向こうのマネキンのような存在だったはずだ。なのにここにいる彼女は、まるで普通の、しなやかな意志を秘めた生きた女の子だ。

……そして多分、そんな風に意識したのがいけなかったのだろう。今までは自分の置かれた状況、主にワルキューレとか黄金の剣とか自分の命とかに意識がいっていたからこそ気がつかなかったことに、気がついてしまった。そう、本当のところ今の自分がいったいどんな状況に置かれているのか、その真実に至ってしまったのだった。

（ちょっとまて、今オレはもしかして、すごいことになってるのか？）

はい。

（いいか、オレの隣にいるのは、背羽先輩だ）

そうです。

（うちの男子生徒三百人、みんなが恋人にできたら～なんて憧れてるけど、どうせ無理だよなぁ、なんてあきらめてる、あの、背羽先輩だよな）

その通りです。

その背羽氷夜香先輩と。

（ふたりきりで、下校中なんだよな？）

正解です。

「待てぃ！」

「？」

氷夜香がほんの少しだけ驚いたような顔をするのだが、遙希はそれに気付くことなく、今更になってやってきた緊張に生唾を飲み込んでいた。

ちらり、と氷夜香を見るが、はずかしくて目を合わせることができない。

（やばい。なんだこの、芸能人とデートみたいな……この……なんだ）

ぐるぐると、廻《まわ》る脳内。

なにを話せばいいのかわからない。

そうこうしている内に、道は丘を登り切って下り坂へ。そうして開けた視界の向こうに、市街地の町並みが見えてくる。

その市街へ続く、民家の並ぶ坂道を下りながら、氷夜香が願いを口にする。

「門叶君、すこし本屋に寄りたいのだけれど」

「え、本屋？　あ、えっと構いませんけど。参考書でも買うんですか？」

「参考書しか読まないような女に見える？」

「いや、そういうわけじゃなく」

「冗談よ」

彼女は肩をすくめる。

「……」

「なに？」

「先輩……冗談、言うんだ」

「そう、門叶君はやっぱり意地が悪いというわけね」

今度は、怒ったような顔。しかも心なしかすこしだけ拗《す》ねているようにすら見える。

……のは、気のせいだろうか？

†

入り口の自動ドアをくぐる。

市街地の中心、駅前のブックストアー北旺堂《ほくおうどう》は、この近辺では最大の書店だ。建物は二階建て。一階には雑誌や小説、話題の本、二階には実用書、コミックや参考書などが置かれていて、これよりも大きい本屋は、県庁のある市まで出て行くしかない。

氷夜香は迷うことなく二階に上がり、実用書のコーナーへと足を向け……たかと思うと、そこを通り過ぎて参考書のコーナーで足を止めた。

「ごめんなさいね。今日は本当に参考書なの」

「べつに謝らなくてもいいですけど」

それきり氷夜香は黙り込んで、真剣な顔で物理の問題集の棚を漁《あさ》りはじめる。やや手持ちぶさたになった遙希は、邪魔をしては悪いとその場を離れることに。

「オレ、一階にいますから」

それだけを言って。その場を後に……しようとしてぎょっとした。

周囲の目線が、主に氷夜香にがっつりと集中していた。

(やりづらそうだよな、これ)

本屋に入った瞬間に店内の客が振り向いたのもそうだけれど、これではすぐに個人を特定されてしまって、ほとんど自由に行動できないのではないだろうかとさえ思う。

中には一部、遙希の方を見てひそひそと話している輩もいるが、これは遙希程度の男があんな美少女といっしょにいることへのやっかみとか疑問なので、スルー。

「さて、どうするかな……」

氷夜香の姿が見えないところまで来て、考える。

訊きたいことのあれこれを、どう切り出したものか……ストレートに問いかけるのが一番なのだろうけれど、遙希には、それでいいものかどうかがわからなくなっていた。

理由は単純で、要は氷夜香の印象を決めかねていること、それが原因だった。

皆が憧れる「綺麗な上級生」の姿――

槍を手に戦う「美しい戦女神」としての彼女――

問答無用で遙希の命を狙った「冷酷な狩人」としての顔――

仕草一つ一つが魅力的で無防備な「普通の女の子」という在り方――

どれが本物で、どの氷夜香に話しかければいいのかがわからない。そして、わからないというのは、無理に考えても答えはでないものと相場は決まっているわけで……。

「そうだよな、とりあえずは一旦退くのが正解だよな」

逃げと言うなら言えばいい。ひとまず考える時間が欲しいと遙希は妥協点をそこに決め、さよならの挨拶だけはしようと、参考書の棚にとって返す。

……ところが、すでにそこに、氷夜香の姿はなかった。

「あれ？」

自分の方が置いて行かれたか、それともレジに行ったのか。とにもかくにも、彼女の姿を探してみようとする。しかしうろうろするまでもなく、氷夜香の姿は趣味・実用書のコーナーに見つかった。

彼女は手にした本に目を通し、裏の値段を見て真剣な顔で悩んでいる。

遙希は、そんな氷夜香に声をかけようとして……

「せんぱ……」

あわてて口をつぐんで、急ぎ書棚の影に身を隠した。

（あっぶねぇ……）

氷夜香が手にしていたのは『彼が喜ぶ、かわいいお弁当50』という大判ムックだった。

まさかにしては、まさかにすぎる取り合わせ。

もちろん、明日以降の弁当を作るために違いないだろうが、それにしてもなぜ、『かわいいお弁当』なのか。

はたと思い至る。

今日の昼、卓上に置かれた氷夜香の弁当とつむぎの弁当の違い。氷夜香のものが良くも悪くもかしこまった、玄人じみた物だったのに対して、つむぎの弁当はそれこそわかりやすく、『女の子が一所懸命作った真心お弁当♪』なものだった。

だから、氷夜香もつむぎのような弁当を作りたい、と？

しかし。

（いや、まさか、なぁ）

それはありえないだろうとは思う。

ただ、やはり見てはいけないものを見た気がして。

そんなわけで、遙希は、何食わぬ顔をして、エスカレーターでそそくさと一階に向かうことにしたのだった。

……とはいえ、一階に降りたものの、特にすることもなく。

遙希は実用書カテゴリーの脇にある、歴史と知識という札が出た一角のこれまた隅、神話の棚で足を止めていた。

理由は単純で、つむぎの部屋で見たのと同じ本が何冊も並んでいたからだ。

特に『北欧・ゲルマン』と書かれた仕切りが挟まれたあたりには、『ジークフリート』『バイキングと剣のエッダ』『竜と勇者の物語総論』などなど、昨日つむぎが見せてくれた本が何冊もそろっている。

その背を眺めながら、つぶやく。

「やっぱり、訊いてみるべきなのかな……」

オーロラの中で見た幻のこと、ジークフリートとグズルーンのこと。

そして、ワルキューレたちがどうして戦っているのかということと、なによりも遙希自身がどうしてそれに巻き込まれているのかということ。

氷夜香なら、なにか知っているはず。昨日まではとても訊ける気がしなかったけれど、今の彼女にならばもしかすると……。

そんな事を考えながら、適当な本を手にとって眺める。

『槍と馬と魔剣・ヴァルキュリアのロマンス』そんなタイトルの一冊だった。ワルキューレ伝説に焦点を絞って描かれたそれには、北欧神話の伝説が描かれ、そこに登場するたくさんのワルキューレの名前が、一覧表のように並んでいた。

（ルーン……ルーン……）

中から、ルーンと名のつくワルキューレを探す。

「エルルーン、グドルーン、シグルーン……へぇ」

意外といることに驚く。

エルルーンは、天から降りてきたワルキューレ。羽を脱いで水浴びをしていたら、王子にそれを取られてしまい、天に帰れなくなった彼女は彼と結婚……。

「ふーん、天女の羽衣みたいな話だな……」

言いながら、ページをめくる。

ほかには、シグルーンというワルキューレもいるという。彼女は、たぐいまれなる王として、また指揮官としての力を誇った英雄である勇者ヘルギの妻であったという。ヘルギはジークフリートの腹違いの兄であり、彼は、死して後にオーディンによってスカウトされ、英雄《エインヘリャル》たちの軍勢に加わった……。

と、その本には書かれていた。

「へぇ……」

そんな人もいるのか、と感嘆《かんたん》して思わずつぶやいたそのとき、がさり、と音がした。

振り向くと、そこには買い物を終えて階下に降りてきた氷夜香がいて、彼女の手からは、いましがた会計を終えたばかりとおぼしき紙袋が落ちていた。

「あ、ごめん」

遙希は本を閉じて棚に戻し、慌てて袋を拾い、氷夜香に手渡す。

それで、氷夜香が惚《ほう》けたようになっていることに気付いたのだった。

「あれ、おいってば、背羽先輩？」

「え？」

はっと我に返った氷夜香は、じっと遙希を見つめる。

「どうしたのさ？」

「ごめんなさい。すこし手がすべっただけ。それより、おもしろいものを見ているのね」

「ああ、これ？」

手にした『槍と馬と魔剣・ヴァルキュリアのロマンス』の表紙を見せ。

「いや、先輩とフルンドがワルキューレって言ってたから。オレ、神話とかよく知らないから、ワルキューレってなんだろうなって思って」

「そう……それでなの」

彼女は言うべきかを、わずか逡巡《しゅんじゅん》して。

「でも、そこに書いてあることには間違いもあるわ」

と口にした。

「所詮《しょせん》は、というべきではないのかもしれないけれど、神話は口伝えの物語にすぎないものだから。そうね、たとえばそのヘルギとシグルーンの話だけれど、ヘルギは死して後オーディンに請《こ》われ、死せる戦士《エインヘリャル》の全てを、オーディンと共に統べる指揮官となった……とあるでしょう?」

うなずく。氷夜香の話は、表現こそ違うものの、確かに遙希が読んだ部分そのままだった。

「けれど、本当のヘルギ様……ヘルギは勇者じゃないの」

「へ?」

「ヘルギは、オーディンの誘いを蹴って逃亡を図っただけではなくて、自分一人の欲望のためにワルキューレをさらって、反旗を翻《ひるが》した大罪人。だから神々の間では今でも、ヘルギという男は勇者でも英雄でもなく、魔王って呼ばれてるわ」

「魔王……へぇ……へ?　今でも?　神様が今でも?」

「ワルキューレがいるのだから、神様がいても当たり前なのではない？」

確かに、言われてみれば、その通りだとは思う。

きっと氷夜香が言うように、この世界には神々がいて、普通に生活する皆はそれを知らないというだけのことなのだろう。逆を言えば遙希はすでに巻き込まれてしまっているということで、つまりそれは、つむぎや新字、星冠や両親やいばらとの、当たり前の毎日から弾かれてしまっているということだ。

いや、それは正しくない。

巻き込まれても、弾かれてもいない。そもそも遙希が気付いていなかっただけで、オーロラが見えてしまうという時点……すなわち生まれたその時から、遙希は氷夜香たちの側に生きていたのだから。

だからきっと、知るのを怖がることも、知ったら戻れないと思うことも、無意味で。

ならば、と思う。

みんなとの当たり前の毎日を生きていくためにも、遙希はこの話の続きを聞くべきなのだろう。幸いにも氷夜香からこの話題を持ち出してくれたのだから……真実を知るこのチャンスをふいにするわけにはいくまい。

顔を上げると、まるで待っていたように、氷夜香が遙希のことを見つめていた。

二人の言葉が重なる。

「訊きたいことが、あるんです」

「知りたいことが、あるのではない？」

そのデュエットに、氷夜香はふっと表情をやわらげる。

そうして、思いもかけないことを口にした。

「そうね、それじゃあ交換条件というのはどうかしら？」

†

「これは交換条件とは言わないんじゃないですか？」

「そう？」

布地越しに感じるのは、やわらかくて、あたたかくて、でも張りのあるふたつのカーブ。

遙希は、その間に頭をうずめて……いわゆる膝枕で芝生の上に転がっていた。

夢見心地、と言っていい。最初は緊張していたのだけれど、ゆっくりと氷夜香の指に髪を梳《くしけず》られているうちにだんだんと肩の力も抜けて、ゆるやかな眠気を感じるようにすらなっていた。

贅沢なこと、この上ない。

空は、地平線に近づくにつれて白っぽい橙の夕焼けに染まり、天の頂に近づくにつれ、薄い紫から藍色へとその色合いをグラデーションさせていた。

見上げれば、遥か高みに木の枝がかかっている。公園の中心に植えられたトネリコの巨木が、夜空をバックにシルエットを揺らしていた。

「全ての尊き小さな人々、わたくしの話をお聴きください。我らが父なる神オーディンは願います、古きより語られる世の行く末を、戦女神たる娘が伝えることを」

詩人が謳《うた》うように、氷夜香は語り始めた。

声は、秋の黄昏《たそがれ》を渡る風のように、そして子守歌のように、遙希の胸に染み、通っていく。

氷夜香の歌に曰く。

――世界の行く末は決められている。

それは来たるべき明日、『神々の運命《ラグナ・ロック》』に謡われる予言の日。

神々は己の滅びを自ら揶揄《やゆ》して、それを『神々の黄昏《ラグナロク》』と呼ぶ。

人が運命に抗《あらが》うように、神もまた運命に抗う。

備えのため、神々は多くの武器を鍛えさせ、無数の宝を探しに九つの世界を渡り歩いた。

王神たるオーディンもまた、例外ではなく。

彼は災厄《さいやく》の獣との決戦に備え、何者にも負けない軍勢を整えることにした。

それは勇者の軍団。

以来戦場で命を落とした勇者は、魂となり王神の軍勢に加わることになった。

かつて、男たちがおしなべて戦士であった頃。

勇者たちは戦の場において武功をあげ、オーディンの軍勢に迎えられることをこそ、最高の栄誉とした。

そう、男たちはそれをこそ望んでやまなかったのだと――


「……ここまでは、たぶん門叶くんも知っているのではない？」

遙希はうなずいた。

「ああ、つむぎにおしえてもらった。北欧神話の世界ってのは、実は滅亡の日が決まってる。そこで大戦争が起きることが決まっているから、神様はその日までに、ひとりでもたくさんの勇者をスカウトして、兵士を集めなくちゃいけないって」

「上手にまとめるのね、発泡さんは」

「みんな知らないけど、あいつ神話マニアですから」

「そうなの。意外ね」

なんだかちょっと鼻が高い。

「まあね。でさ、先輩。ワルキューレってのは、そのオーディン様の娘で、英雄とか勇者とかの魂を、オーディンのところに連れて行く女神様……ってことでいいのかな?」

「大枠違いはないわ」

「じゃあさ……」

本題だった。

「幻を、見るんだ。子供の頃から、ずっと……」

遙希は、それを口にする。

「決まってオーロラの見える日なんだ。そこには綺麗な金色の髪をしたお姫様がいてさ、それで、寂しそうな、なのに幸せそうな笑顔を浮かべてるんだ。そのお姫様には愛する王様がいてさ、王様もお姫様を愛しててさ。ずっとオレ、どこかで読んだ絵本か小説かなにかなんだって思ってた。でも知らないんだよそんな話。続きを知りたいと思っても、どこにもない。誰かに聞けば、すぐにおかしな奴扱いだ。だけどさ、このあいだフルンドに襲われたあの日に、今までにないくらい鮮やかな幻を見たんだ。すこしだけど声まで聞こえた。王様とお姫様がどんな話をしていたのか、とか、そこまでは覚えていないけどさ……ひとつだけ、覚えてることがある」

見上げれば、氷夜香は、ただ静かに耳を傾けていた。

遙希は、続け、話す。

「王様はさ……お姫様のことを、ルーンって呼ぶんだよ」

「そうね」

声は、感情を感じさせない涼やかなもので。

「それはたぶん、門叶君の記憶。いえ、もしかしたら、何度も転生を重ねた人生のひとつ、魂が抱いてきた原点なのだと思うわ」

つまり、前世なのだと。

「だったらさ、もしかしてもう一度会えたりするのかな。それで恋に落ちたりとか……」

遙希は自分でそう言っておいて、なんだか恥ずかしくなってしまう。

「はは、ないよな、いくらなんでも」

沈黙が来る。

長い長い沈黙だった。

その静けさの中、ひと露の雫が、遙希の頬に落ちる。

指先でぬぐうものの、それきり次の一滴はない。雨にしては暖かいその雫に可能性があるとするなら、それは……。

（涙？）

見上げるも、宵闇《よいやみ》が迫る空を背に、氷夜香の表情はわからなかった。

泣いている、気がするのは気のせいだろうか。

でもどうして？

しかしそれを確認する前に、まるで遙希の問いかけを封じるようにして、彼女は話し始めた。

「ワルキューレは、恋をする女神なの」

その話し始めは、まるで脈略がないように遙希には思えてしまう。戸惑いながらも彼女を遮《さえぎ》らなかったのは、それまでにも増して静かな語り口調が、口を挟むことをためらわせたからだった。

「戦場を駆け、男たちが勇士たりえるかを見定め、死して後《のち》にその魂をお父様の許へ誘《いざな》うことを役割とする女神。だからこそわたしたちは、人間の勇士と、勇者と、英雄と恋に落ちる……でもね、門叶君、お父様の城塞《ヴァルハラ》には、どれだけの戦士がいるのか、知っている？」

知らない、と頭を小さく振る。

「二十万を超えるのよ。歴史は連綿《れんめん》と連なり続けて、いずれ終末の予言の時へとつながっていく。ワルキューレは、それまでに五十一万と八千の勇士を集めなければならないの。おかしいとは思わない？　悠久《ゆうきゅう》の時を生きてそれだけの魂を連れて行くわたしたちは、たったの二十四人しかいないのよ」

それはつまりどういうことなのか。頭の巡りが悪い遙希には、その意味がわからない。

氷夜香は、その意味を明かす。

それは遙希にとって、到底受け入れがたい事実だった。

「ワルキューレは、恋に落ちて、その英雄をヴァルハラに運ぶと、その記憶を恋した想いごと消すの。時に名を変え、身も心も処女《おとめ》となってふたたび地上に降り立って……」

また、恋をするのだと。

遙希は呟いて。

「え……」

「待てよ！」

思わず身を起こす。

自分が、あの幻の中で見たお姫様と再会できないという、そんな落胆はあった。だが遙希にはそれ以上に、言われたことの正しさが理解できない。

「ちょっと待てよ先輩！　ワルキューレが恋した気持ちはどこに行っちゃうんだよ！」

「例外もあるわ。王神様の本当の娘であるブリュンヒルデ様と、時の女神スクルド様のふたりがそう。純粋な戦女神の中では、魔王ヘルギの妻であるシグルーン。彼女だけが、記憶を引き継ぐことを赦されている、数少ないワルキューレ」

「そうじゃないだろ！」

詰め寄って、荒げた声を鎮《しず》めながら。

「違うよ、そうじゃない。ワルキューレっても女の子だろ。女の子にとって恋をするってのは、すげぇ大事なことのはずじゃないか！」

遙希は、いったい誰のために必死になっているのかもわからないまま、問いかける。

「なあ、先輩は平気なのかよ、好きになった人のことを忘れてさ」

「変わらないのですね」

目蓋《まぶた》を細めて口にした、囁《ささや》くような短いつぶやきの後、氷夜香は唐突《とうとつ》に空を見上げ、そしてあらぬことを口にした。

「……そうね、恋は大事なことだもの。恋人ごっこは、ここで終わりにしましょう」

†

どうしてこんなことになったのか。

トネリコの木の裏側に隠れて、つむぎは動けずにいた。

遙希と話がしたくて、お昼のことを謝りたくて、なによりも本当の気持ちを伝えたくて。

それで、先回りをしてこの木の下で待っていたのに。

なのに遙希は、氷夜香と二人でやってきて、よりにもよって、芝生で膝枕までして……。

なんで、と、つむぎは唇を噛む。

なんで氷夜香先輩なのか、と。

氷夜香の家は全然方向が違うのに、この間まで遙希と話をしたこともなかったはずなのに、どうして突然、横から現れて、遙希をつむぎから取り上げようとするのか。

つむぎは、遙希の特別になりたかったわけじゃない。

本当は、今までと同じで良かったのだ。

朝は途中までいっしょに学校に行って、ときどきお話をして、そんな毎日。

今の遙希は、つむぎに気を遣って家に帰ってからも距離を置こうとしているけれど、そんなのはきっと長く続かなくて。それで、高校を卒業したらふたりで同じ大学に行って。行けないような成績なら、つむぎが教えてあげて。

それでいつかは結婚して……。

きっと叶《かな》うと思っていた未来。

それが昨日、唐突に叶わないかもしれないと、そう思ってしまった。

きっかけは、朝、遙希が氷夜香の事を口にした瞬間。

遙希が、ただ氷夜香の名を口にしただけなら、つむぎが焦ることもなかっただろう。

でもつむぎには理由があった。

その前の日、つまり日曜日の本屋で、お弁当の作り方の本を一所懸命ながめている氷夜香の姿を見てしまっていたのだった。

ひと目でわかった。いや、女の子なら誰にだってわかったはずだ。彼女は間違いなく『大事な誰かのために』お弁当を作ろうとしていると。

そのときは、ただちょっと意外だと驚いただけだった。誰にもなびかないとか、美大進学のために今は恋人を作る気がないのだと噂されていた、あの、氷のクールビューティーが、まるで一人の女の子のように周囲の視線すら気にせず、食い入るように『お弁当の本』をながめているのだから。

かわいいと思った。

正直、女のつむぎの目線から見ても、それは悔《くや》しいくらいに素敵だった。

幸せそうに微笑む氷夜香の姿から目を離せなくて、きっと男の子はみんな、こういう素敵な女の子に恋をするのだろうと、ため息をつくほかなかった。

だから昨日の朝、遙希が氷夜香のことを口にした瞬間、心臓が止まりそうになった。

もしかして、なんていう想いにとらわれて、遙希をとられてしまうのではないかと思って、それで焦ってしまったのだった。

ありえないと、冷静な部分はそう言っていた。

だって氷夜香は、誰もが交際を望むような美人で高嶺の花なのだから。そんな特別な人が、遙希なんかとお付き合いするわけがないんだと。

そう、いくら遙希の口癖が「誰か弁当を作ってくれないかなー」だったとしたって、まさか本当に背羽氷夜香がお弁当を作ってくるわけがないのだと。

だけど現実は残酷だった。

氷夜香は、本当に遙希のためにお弁当を作ってきて。

そしてつむぎは、彼女が一所懸命作ったのであろうお弁当を台無しにしてしまって。

結果……つむぎはこうして、こそこそと木の陰に隠れて、二人の話に耳をそばだてているなんていうことになってしまっているのだった。

帰りたい。

みっともない。

でも取られたくない……。

帰ったら全部終わってしまうかもしれない。

そんな想いが渦を巻き、つむぎは動けないままでいる。

話し声は聞こえるけれど、なにを話しているのかがわからない。

聞こえればいいのに。

聞こえなければいいのに。

相反する気持ちに、縛られて身動きがとれない。

やがて、そうこうしているうちに。

木の向こうから、なにか語気を荒げた遙希の声がして、はじめてはっきりとした氷夜香の声が聞こえた。

「……恋人ごっこは、ここで終わりにしましょう」

それは、あまりにも意外な言葉だった。

どういうことだかわからない。

恋人ごっこ？　終わり？

つむぎには天の救いとさえ言い切れる言葉のはずなのに、胸騒ぎの方が大きい。

悪いことが起きるような気がする。

木陰からのぞき込めば、ふたりはもう膝枕などしていなかった。

すぐそこに遙希の背があって、その向こうには……。

銀色の槍を……二メートルは長さのありそうな槍を遙希に向け、背羽氷夜香が立っていたのだった。

なにが起きているのか……まったくわからないつむぎの目の前で、氷夜香が遙希に告げる。

「わたしの我《わ》が儘《まま》もここまで。門叶遙希くん、やっぱりあなたには、今ここで死んでもらうことにするわ」

†

「……門叶遙希くん、やっぱりあなたには、今ここで死んでもらうことにするわ」

槍の先が、遙希を向いていた。

どうしてなのかと問うまでもないのだろう。

「はじめからこのつもりだったってわけかよ？」

残念だけど、と切っ先を薄皮一枚分、遙希の喉に突き刺して、

「そうね」

と返答は短い。

「なんだよ……短い時間だったけどさ、オレ、嬉しかったんだぜ。こんなにも可愛い人がオレのことを見てくれてるって、心躍《おど》ったんだ。遠くに飾られてる綺麗な人形くらいにしか思ってなかったけど。すこしだけ一緒に歩いて、先輩のこと本当は可愛い人だって思えたんだ」

「そう。ありがとう」

氷夜香の表情は変わらない。槍の先端は微塵《みじん》もぶれず、その瞳も遙希の目を見て動くことはなかった。

「そうかよ……先輩は……」

言い直す。

「……おまえたちはさ、おまえたちワルキューレは、結局、英雄の魂とかいうのが欲しいだけなんだな」

「そうね」

「なんだよ、見境なしかよ。勇者の魂ってんなら、なんだっていいのかよ。オレみたいにちっぽけな魂でも、持って行くってのかよ」

「違うわ」

彼女は、目を閉じ、頭を左右に振る。

「あなたの魂は、比類なき英雄のもの」

「え……」

「自信を持っていいわ。幻の記憶は、あなた自身の過去。黄金の剣はその証明。その魂は、神々が喉から手を伸ばしてでもほしがる、最上の輝きを持つものよ」

槍を突きつけられて、そんなことを言われても困る。

「じゃあなんだよ、オレが狙われるのってまさか」

「勇者だから、ということね」

直球は直球で返された。

「そうね、門叶君は知らないかもしれないけれど、門叶君はずっと前から何度も命を狙われていたわ。オーロラは、ワルキューレが戦乙女《アウルーラ》の馬を走らせる光。そのたびにあなたのそばでワルキューレたちの戦いが行われていたの」

「……そうなのか」

くしゃり、と髪をかき、前髪をつかんだ。

遙希の魂がほしくて、それで命を狙い互いに戦う……つまりワルキューレは戦いに命を散らした勇者だけでなく、生きている戦士の魂をも狩るということか。

予想はしていた、けれど聞きたくない答えでもあった。

なぜなら、それは遙希が普通に死を迎えることができないという宣告だから。

遙希を勇者としてワルキューレが狙う以上、それを知ってしまった以上、遙希はそれから逃げ、戦い続けなければならないということだ。常に勝ち続けなければならない戦いなど、戦いではない。そんな戦い、いつかは負けて死を迎えるに決まっている。

それも、遠くない未来、あるいは今日、あるいは今ここで。

現実感に乏しい、しかしどこまでもリアルな絶望の中、

「じゃあなんで、オレは今までそんなことも知らずにいた……？」

「運が良かったのね、きっと」

氷夜香は、柔らかく微笑んだ。

今度こそ殺される、そう覚悟する。

しかし、

「やめてください！」

思いもかけない来訪者に、槍をたずさえた氷夜香の手が止まる。

その声はつむぎだった。彼女はトネリコの木の陰から駆け出し、戸惑う遥希の手を引いて後ろへと引く。そうしてその前に走り込み、氷夜香から遥希を守ろうとするように大きく両手を拡げたのだった。

「つむぎ、おい、どうしてここに⁉」

幼なじみは、その問いには答えず、小さな身体で腕を精一杯左右に開いたまま、叫ぶ。

「どういうことなんですか！　ううん、なんなのこれ、わけがわかんない！　どんな理由があるのかはわかんないけど、なんで背羽先輩が遥希にそんな、あぶないものを向けるの！」

「あなたには関係ないことよ」

激昂するつむぎの言葉を、無関係と受け流す氷夜香。まるで昼休みと同じやりとり。

しかし今度のつむぎは、ひるむことも引くこともない。

「関係ないわけない！」

幼なじみは、その問いには答えず、小さな身体で腕を精一杯左右に開いたまま、叫ぶ。

「幼なじみなんだから関係あるに決まってますっ！　せ、先輩こそハルキとはなんの関係もないじゃないですか！　そうです、いくら先輩が綺麗で特別だからって関係ない！　そんな女の人に遙希は渡さないっ！　そんな人に、遙希の恋人はつとまらないんだから！」

「……っ！」

つむぎの言うことは、途中からただの自己主張になっていた。しかしその言葉に、それまで崩れることのなかった氷夜香の表情の中で、その細く整った眉が、痛みを覚えたようにわずかにひそめられる。

「どきなさい」

しかし声は冷徹に。

「でなけでば、あなたも巻き添えになる。いいえ、巻き添えにするわ」

「や、やめろよ先輩！」

遙希がつむぎの手をつかんで、後ろに引く。バランスを崩したつむぎの小さな背を、その胸に抱いてから、そっと後ろに追いやった。

「背羽先輩、さっき、あの幻がオレの前世って言ってたよな」

「ええ」

「英雄で王、ルーン……王妃グズルーン、黄金の剣グラム……輝く魂……実感とかないし、信じられないけどさ、オレが、ジークフリートなんだな。でも、だったらさ……だったらオレだけを狙えばいいじゃないかよ！　つむぎは関係ないだろ！　巻き込むなよ！」

叫びに再度の沈黙が返る。

無音という木霊《こだま》が公園を満たし、やがて……。

「クク……」

押し殺した笑いが聞こえる。

「はは……っ、く……アハハハっ！」

遙希ではない。もちろん、氷夜香でもつむぎでもあるわけがない。

かすかな、漏らしただけに聞こえた笑い声は、我慢しきれぬとばかりに、やがて溢れ出す哄笑となった。

声を追い見上げれば、トネリコの樹上、遥か頭上にあの青年がいた。

傲岸《ごうがん》と傲慢《ごうまん》を垂れ流し、不遜《ふそん》というありかたを隠そうともせず。背の高い遙希よりもなお背の高い美貌の青年が、天空の枝に腰掛け、三人を睥睨《へいげい》していた。

その視線は、見下していると雄弁に語り。

「なんだ貴様、笑いで横腹を破壊し殺すつもりか」

言葉は、やはり見下していると滔々《とうとう》と語っていた。

青年は、言葉を捨てるように投げ落とす。

「貴様ごときが、ジークフリートであるわけがないだろう」

それは、道ばたの犬をあざ笑うように、雑な言葉だった。

遙希は、青年をにらみつける。

これまでにも二度遙希の前に現れた、背の高い、整った貌の青年。

ファッション誌の表紙を飾っていた、背羽氷夜香の兄。

背羽リヒト――

この男だけは受け入れられないと、遙希の魂が警鐘《けいしょう》を鳴らす、青年。

「どうした、不服そうだな出来損ないごときが。おおかた根拠もなく、自分こそジークフリートだと夢見ていたんだろうが、それを否定されて恥ずかしいのか？　それとも、自分が竜殺しの英雄様だと信じて疑わないほどに愚鈍なのか？」

リヒトは、端正な容貌《かお》を嘲笑に歪めて、喉で嗤《わら》った。

「違うのかよ……」

遙希は、氷夜香に答えを求めるが、彼女は「違うわ」と頭を小さく横に振った。

リヒトは失笑する。

「そうだな、教えてやるよ」

言葉の後には、一瞬の空白。

空を光が奔り、それがつむぎを打ち据える。

「いたっっ」

「つむぎ⁉」

振り向いた先では、飛来した剣に胸を強く殴打され、つむぎが仰向けに倒れていた。

間を置かず、背中をしたたか打ったそこに、飛来した白銀……その正体は剣……が再び舞い戻る。剣は仰向けに倒れたつむぎが身動きをとれないよう、太股の間、そのスカートの布地を貫いて大地に束《つか》までに突き刺さり、彼女をそこに磔《はりつけ》にした。

「まず、それがノートゥング」

「つむ……っ」

「つむぎさん！」

遙希よりも早くつむぎに駆け寄ろうとする氷夜香。しかし、その動きを牽制すべく、彼女の足下に、超速で飛来した二本目の刃が刺さる。

柄頭《つかがしら》に蒼い宝玉を抱く、黄金の柄の剣。

「それがバルムンク」

「そして」

指を弾く。

応え、天空高くに、ダイヤモンドのごとき星が一瞬の煌めきを宿す。その雫は、光の槍となったように降り、一直線に、動けないつむぎの顔面へと落下した。

「そしてこれが、グラムだ――」

ぴたり、と、切っ先はつむぎの鼻先、その薄紙一枚寸前で止まっていた。

遙希は、動くことさえできなかった。

「ひ……！」

つむぎは恐怖に目を見開き、声を発することもできない。魂《たまげ》消る叫びは霧散《むさん》して、かたちをなすことさえできていなかった。

「……っ、つむぎ！」

「竜屠る宝剣ノートゥング、黄昏の黄金バルムンク、選王の聖剣グラム……わかったか？　つまり、この俺がシグルズ……おまえたちの言うジークフリートの生まれ変わりだ」

何が楽しいのか、くつくつと、笑う。

圧倒的だった。

遙希がなにもできなかったのは当然だとしても、フルンドの甲冑を生身で圧倒した氷夜香にすら動くことを赦さないほどの力の差が、彼我にはある。

ゆえに、怒りのやり場がない。目の前の背羽リヒトにぶつけようにも、奴の剣《グラム》がつむぎの眼前、空中に固定されている。もしも助けようと動けば、その瞬間につむぎの顔面が地に縫い付けられる、ゆえに動けない。

（くそ……）

突然に降って湧いた災厄。怒りと焦りと無力感でぐちゃぐちゃになった頭の中で、氷夜香がつむぎを助けようとしてくれたことが、遙希をわずかなりとも冷静にさせていた。すくなくとも、彼女がつむぎの敵ではなかったと、そう思えることだけが、かすかだが小さくはない希望となっている。

つむぎはいまだ剣の脅威にさらされている。救いなのは、つむぎがあまりの恐怖に意識を失っていること。これ以上の恐怖を彼女が感じないですむという、その一点だけだった。

許せないと、思う。

「こんな奴が、英雄だって……」

ジークフリートである青年は、「ああ、そうだ」と尊大に口の端を歪める。

……それでも、遙希には未だ振るう刃がない。

氷夜香の足下にバルムンクが刺さった瞬間から、遙希の指先には、冷たい、幻の金属めいたいつもの感触が触れてはいた。

多分それは、遙希だけの黄金の剣。

だが、それもつかみ、引き出すことができないのでは意味がない。

だから、問う。

「どうすれば、いい……？」

「ん？」

「どうすれば、つむぎを助けてもらえる」

誇りだとか、体面はいらない、遙希が何かを差し出すことでふたりを助けてもらえるなら、それでいいのだと。

リヒトは、肩を揺らして嗤う。

「さっさと目覚めろ、そうしたらその娘を解放し、おまえの相手をしてやってもいいぞ」

出された条件は、遙希自身の意志ではどうにもならないこと。

「……目覚めるって、なんだよ」

「なるほど、な」

酷薄《こくはく》に細めた目を、氷夜香に向け、

「英雄はな、戦いの中で目覚め、花開くものだ。おまえもそう考えたんだろう、ルーン」

「リヒト、待って……！」

じっとつむぎを見ていた氷夜香が、焦りも露《あら》わに青年の名を呼ぶ。

リヒトはしかし、その声に愉悦の笑みを深めるのみ。

「だから、俺が手伝ってやる。大事なモノを失えば、すこしはやる気も出るだろう」

「やめて……っ」

つむぎの鼻先で聖剣《グラム》がほんの数センチ浮いたのと、今度こそ氷夜香が地を蹴ったのは、ほとんど同時だった。

結果。

グラムの刃は容赦などなく、その証拠に、半ばまでが地に刺さって埋まっていた。

救われたつむぎは、彼女を救った氷夜香に抱かれて離れたところに転がっている。

すぐにわかる。スカートこそやぶれていたが、つむぎは無事だった。しかしその代わりに、つむぎを救った氷夜香が、グラムによって肩を制服ごと切り裂かれていた。

安堵《あんど》の息をもらすのと同時に、氷夜香の負った傷が、遙希の思考を完全に凍らせる。

真っ白になった頭の中とは裏腹に心臓は早鐘を打つ、そして、まるでその感情の熱をそのまま鋳込《いこ》んで形にするように。

――手の中で、冷たい感触が姿をとりつつあった。

リヒトは、なお嗤う。

「興を削ぐな死体運び《ワルキューレ》。勇者である俺、ひいてはオーディンに楯突く意志と受け取るぞ」

言いざまに、掌を上に向けひらり、と振る。

地に突き立っていた三本の剣は、たったそれだけの動作で地面から抜け、遙希の目の高さに浮いたかと思うと、突然かき消えるように動く。

金属同士がぶつかる重くも甲高い音が続く。

三本の剣は間を置かず宙を飛び往き、戯れるようにつむぎと氷夜香に襲いかかる。

氷夜香は、つむぎを抱きかかえたままに槍を振るいそれをはじくものの、あまりにはげしい聖剣の乱舞を受けきれず、何度も多々良を踏む。

　助けに近づくことなど、できない。

　襲いかかるのは、一撃一撃がハンマーで殴りつけるのに等しい、刃を持った連撃。槍が剣を弾く音が続き、そのたび、氷夜香の身体は嵐の中で翻弄されるように、よろめき、倒れそうになる。遙希にもわかる。そもそも槍は両手で扱う武器《もの》、しかもあの長さとあっては、つむぎを抱えたままでは十全な働きなどできようはずもない。

　リヒトは、それを知っていて手をゆるめない。

「どうした。その小娘を抱えたままでは、石《ルーネ》を弾くこともできないか」

「……っ」

「あきらめて放り出せ、疾《と》く、刻んでやろう」

「リヒトっ！　この子は、関係、ないでしょうっ！」

「知ったことか、『関係ある』のだろう『幼なじみ』だから。そいつが自ら、そう言ったのだろうが」

　聖剣《グラム》の一撃が、氷夜香の槍を上に跳ね上げ、残る二本《ノートゥング&バルムンク》が、がら空きになった氷夜香のふところ……それぞれ、氷夜香の心臓とつむぎの頭を狙い、飛ぶ。

「先輩！」

耐えきれずに駆け寄ろうとした遙希は、しかし二歩目を踏み出すことなく、舞い戻った聖剣《グラム》に横っ面を殴られて頭から地面にたたきつけられる。宙返《もんど》りを打って倒れた遙希を樹上から見下ろすリヒトは、遙希の様を鼻で笑う。

「今のは手加減してやったぞ」

三本の剣は、宙に大きな弧を描いて、リヒトの許へと舞い戻る。

そこがホームポジションなのだろう、その三振りは、リヒトの背に片翼を描くように、彼の背後へ刃を下にした扇状に並んだのだった。

折れた槍が、落ちて地に転がる。その金属音に我に返った遙希は、氷夜香が倒れていることに気付く。遙希は傷ついて地面に投げ出された彼女の姿に我を忘れ、自分の痛みさえも気にせず、立ち上がって走り出していた。

駆け寄って、抱き起こす。

「氷夜香先輩！」

「……怪我は、ない？」

痛みを耐えながら氷夜香が問うのは、つむぎのこと。

つむぎは相も変わらず気を失っている。全身が氷夜香の血に汚れてこそいるものの、その身体には傷ひとつない。

氷夜香は、自らの身体にいくつもの裂傷を受けながらも、つむぎをしっかりと抱いたまま、護りきっていたのだった。

「無事だ。ありがとう、先輩」

氷夜香は、痛みを耐えながらも、「ううん」とちいさく頭を横に振る。

「女の子だもの、どんなに小さくたって、傷跡を残すわけにはいかないわ」

「あ……」

胸の奥へとこみ上げてくるものが、あった。

「……ありがとう」

重ねて礼を言う。

「でもなんで……先輩だって、女の子じゃないかよ」

なのに、氷夜香は傷だらけで、なのに、つむぎが怪我をしなくてよかったと微笑むのだ。

「くそ……」

氷夜香はとてもとても綺麗で。それだけに、傷だらけになったその姿は、より痛々しく遙希には映る。

この女の子を、氷夜香をこんな目に遭わせたあいつが許せない。

その想いに応えるように……。

――手の中で、剣の感触が、形を明確にしつつあった。

しかし。

「どうだ、目覚めたか?」

「てめぇ……」

まるで悪びれもしないリヒトを睨《にら》みつける。

「ありえねぇよ」

視線にありったけの怒りを込めて。

「こんな奴がジークフリートだって？　こんな奴が、つむぎが憧れてたシグルドだっていうのかよ……」

ならば、英雄とはなんだと遙希は自問する。

わからない。

わかるわけもない。

ただ、わかることもある。

「この男に、こんな奴に、勇者を、英雄を名乗らせておくわけにいくかよ」

この男が真に、北欧の神話において最高の勇者と謳われた英雄であったとしても、つむぎをこんな目にあわせたうえに、味方であるはずの、その上、今生《こんじょう》では妹であるはずの氷夜香に剣を向けるなど、そんな男を絶対に。

「英雄なんて、言わせておけるかよ」

にらみつける。

しかし、英雄の生まれ変わりは肩をすくめ。

「そう呼んだのは、俺ではなく民衆と詩人で、認めたのは神だ。文句があるならそいつらに言え。それにな、それを言うならば貴様こそ頭を垂れて、全てに対して悔い、謝り、許してくれと泣きわめきながら、汚らわしく命を絶つべき存在だぞ」

「……どういう意味だよ」

「こいつはまた、可笑しいを跳び越えて哀れだな」

愉快だと、リヒトは失笑を隠しもしない。

「氷夜香、なぜ教えてやらない。そいつは大罪人だと。すべての英雄に顔向けのできぬ悪逆、オーディンに弓引き楯突く、魔王ヘルギという邪悪だと」

「オレが……魔王？」

それは本屋で、氷夜香と交わした言葉に出てきた名前だった。

ヘルギ――ワルキューレであるシグルーンと恋に落ち、数多の戦場を駆けた王。死して後オーディン自らに請われ、四万と八〇〇〇《こ》を数えたという、死せる戦士《エインヘリャル》の軍勢を統べる、彼らの指揮官となった……と、神話に伝えられる英雄の名。

けれど、あのとき、氷夜香は言った。

『本当のヘルギは英雄じゃないの』

……と。

曰《いわ》く、ヘルギは、オーディンの誘いを蹴って逃亡を図り、自らの欲望のために戦女神《ワルキューレ》をさらい、反旗を翻した大罪人。神々は彼を、英雄でも勇者でもなく、魔王と呼ぶ――

その、神に逆らったという罪人《とがびと》が。

「……オレ?」

なのだと、リヒトは言うのだろうか?

「そういうことだ。会いたかったぞ、我が兄王」

「待ってリヒト、彼は……!」

「慎《つつし》め、俺の言葉だ」

氷夜香に向けられたその声は、威圧。

「たかだか死体運びが、俺をたばかってヘルギの存在を隠したつもりだったのだろうが、おまえがそれだけ執着していれば阿呆でもわかろうというもの。それをこの竜の英雄《シグルズ》が赦してやろうというのだ。頭を垂れることはあっても、口を挟む理由はあるまい。英雄を愉しませる雌《メス》にすぎないワルキューレのおまえごときが、記憶の引き継ぎを許されているのは、そいつ《ヘルギ》をおびきだす餌になるためだということ、まさか忘れたわけじゃあるまいな？　それともまた、分をわきまえもせずオーディンにその槍を向けるつもりなのか、シグルーン」

氷夜香が唇を噛む。

遙希は、告げられた事実よりも、氷夜香の真の名に驚き、目を見開いた。

「シグ……ルーン？　氷夜香先輩が？」

「そう、シグルーン。かつて、おまえが愛した戦女神《ワルキューレ》」

しかし……。

「残念だが今のこいつは、この俺、英雄にして竜の黄金《ニーベルング》を抱く王、ジークフリートの側女《ワルキューレ》だ」

おまえの女は、今は俺のモノだと。

そう告げるリヒトの顔は、限りない嗜虐《しぎゃく》を浮かべていた。

グズルーン　と　シグルーン

門叶《とが》遙希《はるき》という少年がいた。

彼を初めて見たのはまだ小学生の時、氷夜香の家族がこの街に越してきてすぐのこと。

氷夜香は、駅前のデパートの人混みの中に彼を見つけたのだった。

はじめて見たその瞬間、わかってしまった。

この人こそが、氷夜香がワルキューレとして目覚めたその日から、ずっと探していた運命の勇者様《ヘルギ》――なのだと。

見間違えようはずもない。

なぜなら背羽氷夜香は、オーディンによって人間の世に遣わされたワルキューレで、彼女たちは、英雄の素質、魂の輝きを読む力を与えられたこの世界で唯一の存在だから。

そして氷夜香は、そんなすべてのワルキューレの中でただ一人、記憶を持ったままに生まれ変わることを許された戦女神で。

なにより遙希は……ヘルギは、彼女の愛する王だったのだから。

だから、そう、見間違えようはずもなかったのだ。

†

「先輩が、シグルーン？」

振り向いて、問う。

「ヘルギの、ワルキューレ……？」

彼女はうなずいて、「はい」と答えた。

ルーンは「グズルーン」のルーンではなく「シグルーン」のルーン。

ジークフリートの……シグルズの妻ではなく、ヘルギという英雄の妻の名前。

違和感、疑問、それらがふいにすとん、と腑《ふ》に落ちる。

遙希がオーロラを見るのも、フルンドが遙希を狙ったのも、遙希の魂が、彼らの言う勇者のものだったからで。

遙希が幻を見るのは、ヘルギである遙希の記憶だからだった。

幻の中の娘はシグルーンであり、だから王であるヘルギは、彼女をルーンと呼び。

だからふたりは、また来世で、と口づけを交わしたのだ。

嗚呼《ああ》、なるほど、と。

氷夜香は言った。『魔王ヘルギの妻であるシグルーンだけは、記憶を引き継ぐことを赦《ゆる》されている』のだと。

そう思えば、わかる。

すべての「どうして」は、たった一本の糸、ひとつの想いで繋がれていた。

そう――

どうして氷夜香は、フルンドから遙希を助けたのか。

――それは、愛するヘルギだったから。

どうして氷夜香は、寝ている遙希に唇を重ねたのか。

――それは、愛するヘルギだったから。

どうして氷夜香は、遙希が「殺されてもいい」と呟いたあのとき怒りを露わにしたのか。

――それは、愛するヘルギだったから。

どうして氷夜香は、真剣な顔でレシピ本を見ていたのか。

――それは、愛するヘルギのためだったから。

どうして氷夜香は、傷つくことも厭《いと》わずつむぎを守ったのか。

――それは、つむぎが愛する遙希の大切な女の子だから。

ならば……。

どうして氷夜香は、遙希を襲ったのか。

その答えも、すでにここにある。

リヒトは言った。

『英雄という存在は、戦いの中で追い詰められることで目覚め、花開くものだ』

シグルーンである彼女も、そう考えたと。

遙希がひとりで戦えるように、遙希が自分で自分を守れるように、氷夜香は自分の手で遙希を追い詰めてでもと、遙希を英雄として目覚めさせようとしたのだろう。

こんなにも……氷夜香のしてきたことには、こんなにも愛しているが溢《あふ》れていた。

それなのに、

「ごめん」

遙希は、気付かなかったことを詫《わ》びる。

気付くことなく彼女を恐れたことを詫びる。

守れもせず、傷つかせてしまったことを詫びる。

「……オレが弱いから……」

違う、と氷夜香は頭を振る。

「わたしが弱かったの。わたしはあなたの世界に踏み込むべきじゃなかった。わたしは、世界の全てを敵に回してでも、あなたが目覚めて力を取り戻すまで、戦女神として、あなたを護り通すべきだった」

わかれば、それは純粋な想い。

今、正面から彼女の顔を見ればわかる。

その瞳は、まっすぐに遙希だけを見ていると。

「ありがとう、氷夜香先輩」

もう一度、言う。

この綺麗な女の子は、秘めるしかない、報われないかもしれない想いをかかえて、それでも遙希のために槍を振るおうとしてくれていた。……いや、これまでもきっと、ずっと遙希のために、彼女は槍を振るっていてくれたのだ。

「オレ、嬉しいんですよ」

氷夜香という女の子が悪人でないとわかったことが、敵でないとわかったことが、嬉しい。

遙希の大切な女の子を、つむぎを身を挺《てい》して守ってくれたことが、嬉しい。

氷夜香がつむぎを嫌っていなかったことが、とても嬉しい。

遙希を、好いてくれていることが、嬉しい。

この女の子を護りたいという気持ちが、自分の中に芽生え始めているのが、嬉しい。

——手の中にある剣の手触りが更に存在を濃くしていく。

立ち上がって、リヒトに向き直る。

「ヘルギっていう人の記憶がないからさ、オレには、やっぱりヘルギの気持ちはわからない。どうして、魔王なんて呼ばれるような悪人になっちまったのかも、そもそもなにをしたのかも、シグルーンをどれくらい強く愛していたのかだってわからないんだ」

でも……。

「それでもさ、今のオレは、氷夜香先輩を護りたいって思ってる。オレのことを愛してるって言ってくれたことが嬉しくて、その先輩を護りたいと思ってる。先輩を傷つけたやつを、許せないって思ってるんだ」

——手の中の剣は、もうすぐそこに。

「わかったんだ」

遥希は、背を向けたまま、言う。

「わかったんだ、オーロラを見るたびに、剣が手に触れてきてたわけが。こいつは、昨日も、今日も、氷夜香先輩が危ない目にあうたびに、傷つくたびにさ、己《おれ》を抜けって手に触れてきてたんだって。その前もずっとそうだったんだ。オーロラが見えるたびに剣が手に触れたのはさ、ヘルギの心が氷夜香先輩の……シグルーンの危機を感じて、身を案じて、それで先輩が傷つくたびに、「シグルーンを助けたい」ってさ、そう思ってたからなんだよ」

だから。

「これってつまりさ、今までも先輩は、オレの知らないところで、ずっとオレを護ってくれてたってことだろ」

「あ……」

「ヘルギはさ、感じてたんだよ、先輩のこと」

「あ……、はい」

言葉に詰まる氷夜香へと、一度、振り向く。

「ありがとう、先輩」

この胸の、氷夜香に向けた想い、まるでそれに応えるように。

――手の中で、剣の柄《つか》が形を成す。

黄金に輝く柄。

それを逆手に握り込む。

柄を握る腕を持ち上げていくにつれて、光の中から刀身が姿を現す。

まるで赤熱した溶鉱炉から引き上げられるがごとく、細かな罅《ひび》を無数に入らせた銀色の刃が、形をとっていく。

それは聖剣。

遥かな神話の時代、物言わぬ勇者であったヘルギが誇り高きワルキューレから頂いた、それは始まりの一振り。

刃は敵に恐怖を与え、鋒《きっさき》は携える者の勇気を試し、その刀身から柄尻《つかじり》にまで、横たわる王蛇を宿すと讃《たた》えられた、王の剣。

英雄にして王であるヘルギの魂に刻まれ、常に王と共にあり続ける愛剣。

掲げた遙希の手に握られし、伝説。

その名は――

「黄金なす痛み《ヴィグネスタ》……」

魂が、剣の名を口にさせる。

刀身を分割するように走ったつなぎ目が淡い光を発し、聖剣の刀身が黄金の色に染まった。

「氷夜香先輩、つむぎを、すこしでも遠くへ」

彼女へと、つむぎを託し。

そして見上げる。

高さ二十メートルに及ぼうかという日本トネリコの大木。その樹上、すっかり暗くなった空に浮かぶのは昨日と同じ月。それを背にしたリヒト……ジークフリートを睨み付ける。

「待たせたな」

「待っていたぞ、兄王《ヘルギ》。貴様らしい猿芝居だったが、もうその茶番は終わりでいいのか？」

「ああ、いいぜ」

「ならば、わざわざ待っていた甲斐を味わわせてくれるんだろうな」

高みからリヒトは飛び降りる。軽い地響きをさせ、しかし本人は涼しい顔で、遙希と同じ舞台へと足を踏み入れ……。

刹那《せつな》の間も置かずに、決闘が、はじまる。

一合目は撃ち合い。

遙希の振るった剣を、リヒトが手にした三本目の聖剣《ノートゥング》で弾き返す。

二撃目は空振り。

ヘルギの聖剣《ヴィグネスタ》の斬撃は、受けとめられることも、弾かれることすらなく、リヒトのわずかなスウェーで躱《かわ》されてしまう。

三撃、四撃……遙希の振るう刃はことごとく空を切る。

「反撃くらいはしておかんとな」

悪寒がする。慌てて身を躱すと、背後から飛来した剣が、遙希の頭そのすぐ脇を飛びすぎていった。

首筋の皮が、わずかに裂ける。

それだけでぞわりとした恐怖が胸を駆け上がり、思わず一歩を下がる。

予想してはいたが、まるで歯が立たない。リヒトが初撃をノートゥングで受けたのは、一合目は刃を合わせて鳴らすのが礼儀、という程度の理由なのだろう。

「どうした？」

リヒトは問う。

「俺に剣を向けたのだからな、わずかなりとも勝ちの目を意識してのことだろう。それとも戦巧者《いくさこうしゃ》たるヘルギ王がなんの策もないというわけではないだろうな？」

「ああっ無策だよ！」

叫び、前へ。

体当たり同然の突進は、当たり前に避けられ、遙希の身体は倒れ込むようにして肩からトネリコの樹にぶつかった。

木の幹は震えもせずに、遙希の身体を受け止める。

たった十度に満たない数剣を振るっただけで、もう息が上がっていた。ヴィグネスタの柄はあつらえたように手にぴったり来るのに、身体が剣に振り回されてしまい、思ったように振るうことができない。

「はは……フルンドの薙刀を切ったときのアレは、まぐれだったみたいだ」

自嘲《じちょう》する。

その言葉のなにが竜殺しの王の歓心を買ったのか、リヒトは、背にノートゥングを戻し。

「ほう」

と小さく驚嘆《きょうたん》の息を吐《つ》いた。

「アレを斬ったのは、おまえだったか」

「知らなかったのかよ」

「阿呆が。それを知っていたら、逃がしてやったりするわけがないだろう」

「逃がさずにどうしてたって言うんだよ」

「殺していた」

あっさりと。

「何者でもない勇者になど興味はない。だが、ヘルギであるならば、俺が頸《クビ》を刎ねる」

それだけのことだ、と。

「知らなかったから……？」

「そうだ、逃がしてやった。つまり氷夜香が、いやシグルーンが、上手くお前を俺から隠し遂せたということだ。なるほど、そう考えればけなげで愛《う》い女《やつ》だなあれは……やはり俺の子を産むのは、氷夜香《あいつ》こそがふさわしいか」

「……なんだよ、それ」

「餌をとられた犬のような顔をするな」

いいか？　そう前置いて。

「そも、今のあいつは俺の戦女神《モノ》。どう扱おうが英雄たる俺の自由だ」

断定する。

遙希には、言っている意味がわからない。

いや、わかるがゆえに、ざわめく、気持ちが悪い、許せない。

「兄貴なんだろ！」

「だからこそだ、血を分けたがゆえに、器量の良い女だろう？ そも妹を娶《めと》るなど神々の御《み》代《よ》には当たり前のことだぞ」

「おまえっ！」

駆け込み、剣を振るう。

当然、刃は届かない。それどころか勢い余った背中を蹴られ、そのまま踏みつけにされてしまう。うつぶせに倒された遙希の頭にはリヒトの革靴。常緑種の芝生と靴底に左右の頬を挟まれたその様は、今の遙希が抱える無力そのものだった。

「くそ……」

「そうだなヘルギ。もうひとつ、おまえの慢心《まんしん》を砕いてやろう。おまえは俺を引きつけて、シグルーンとあの小さい女を逃がしたつもりなのだろうがな」

嘲弄《ちょうろう》する。

「おまえ、英雄の頂点に立つ俺に、ワルキューレが一人だけだとでも思っていたのか？」

†

屋根を蹴り、月夜を駆ける。

抱えた腕の中には、発泡《はっぽう》つむぎという少女。

門叶遙希という少年……愛する勇者ヘルギの生まれ変わりである彼に託された、彼が大切に想う、小柄な少女の姿がある。

彼女を安全な場所まで逃がさなければならない。

すこしでも遠くに、そして累《るい》の及ばない場所に……。

彼女を逃がして、すぐにとって返さなければならない。

（でなければ門叶君《ヘルギ様》があぶな……⁉）

悪寒が背筋を走る。

氷夜香は、とっさに手首をスナップする。淡い緑色の光《オーロラ》がしなやかな指を包み、瞬時に刃渡りの短い懐剣のごとき短剣が、手の中に姿を現す。

振り向きざま、払う。

飛来したものをはじきとばした瞬間、手首に耐え難い激痛がはしる。それは、つむぎを抱いて戦ったあのとき、槍を扱った腕の手首の痛み。槍は、本来ならば両手で扱うもので、それを片手で扱い、なおかつ防御に用いれば、こうなるのは必定だった。

氷夜香は、屋根に降り立つ。

離れた屋根に短剣に払われた矢が落ち、同時、光纏《まと》った矢は七色の光の粒となって消えた。

振り向けば、天に娘。

やわらかく成熟した女性のアウトラインを持つ、戦装束の乙女がそこにいた。

翼のティアラ戴《いただ》く髪は、長い長い乳白色のブロンド。

スカートの大きく拡がった、まるで純白のウェディングドレスのような衣に草色の鎧を纏う彼女は、まさに『姫騎士』と呼ぶにふさわしい出で立ち。

細くくびれた腰と頸元《くびもと》から肩の肌色を外気に晒《さら》し。レースのようなスカートにシルエットとして映える太股も、草色の胸甲に押さえられ押し上げ返す豊満な胸も、共に女であることを隠そうとすらしていない。その肢体のほとんどがドレスの下にありながらも、隠しきれない女性が匂う、そんな戦女神だった。

彼女は、足首を覆う草色の足鎧から白鳥の翼を拡げ。

細い、細い、大げさに評するなら、どちらが弦でどちらが弓ともつかぬほどに細く長い弓を手に、残心《放って後》の姿勢で、空に立っていた。

彼女の背後には、やはり草色をした戦乙女の馬《アウルーラ》が浮いて虹色の光《オーロラ》を放射し、彼女自身の存在をこの世界から隠している。

『久しくございます、兄嫁様《シグルーン》。今生にてははじめまして、わたくしはワルキューレ〝グズルーン〟、いと高き、いと貴き戦士にして王、シグルド様の永遠の花嫁。『白鳥《swan》』のケニング持つ戦乙女の馬《アウルーラ》〝グラウム〟を従え、今宵はあなたと、そちらのいと小さき娘、その命を摘みに参りました』

姫騎士のワルキューレは、オーロラのヴェールの向こう側から、まるで意思の宿っていないような、それでいて柔和な笑みを向け、告げた。

「あの方、シグルド様《ジークフリート》の命にて」

次の矢をつがえ、射る。

一射で七射。同時に七本でなく、七本を連続で射る動作がたった一射で完遂される。結果、身を躱《かわ》した氷夜香の軌跡を追うように、七本が連続して地に突き刺さって消えた。

眉をひそめ。

「避けないで下さいシグルーン。シグルド様の不興を買います」

転がって家屋の影に隠れた氷夜香は短剣で制服のスカートを破りにかかる。姫騎士ワルキューレの声を聴きながら、即席のスカート包帯で痛めた手に短剣を固定し、落ち着けと、ゆっくり息を吐いた。

状況は、徹底的に悪いと言っていい。

彼女の狙いにつむぎも含まれている以上、つむぎをここに置いていくわけにもいかない。そもアウルーラを呼ぶことができず、槍を失い戦装束さえ纏うこともできない今のこの身では、決定的な攻撃手段がない。

そして、なによりも遙希が心配だ。

『黄金なす痛み《ヴィグネスタ》』を手にしたとは言っても、今の遙希ではリヒトに敵うはずがない。

それは端からわかりきったことであって、だから氷夜香が期待しているのは、遙希がひとりでリヒトと渡り合うことではない。彼女の希望を繋いでいるのは、ヘルギに対するリヒトのこだわりだった。

妹として、十七年間を共に過ごしてきた氷夜香は知っている。

背羽リヒトは、いや、ジークフリートは口にこそしないものの、ヘルギという英雄を心から憎んでいることを。

そもそもジークフリート……シグルズという勇者は、オーディンの血を引く血筋に産まれ、巨人を殺し、竜を殺し、父王の復讐を遂げ……様々な武勲の後、黄金の上に君臨した、自他共に認める絶対英雄であるはずだった。しかし、神々が彼と同列に扱う英雄がほかにもいて、それがヘルギ、つまりシグルズの腹違いの兄だったのだ。

最強を自認する彼には、それが許せない。

だからこそ、リヒトはヘルギである遙希をすぐに殺すことはない。ヘルギではなく、自分こそが真の強者であると認めさせるまで、殺してしまうことはないはず。

つまり……。

遙希を置いてきたのは、リヒトが遙希をすぐには殺さないと考えたからだった。

でなければいくら愛する人の願いでも、いや愛している彼の願いだからこそ、「オレを置いて行け」などという願いを聞けるわけもない。いくらつむぎが遙希の大切な女の子でも、遙希の命に代えられるはずはないし、どちらかを差し出せと言われれば、遙希に失望されて幻滅されたとしても、遙希を護る道を選ぶだろう。

ただひとつ、草色のワルキューレの存在は救いだった。リヒトが彼女をここに差し向けたということは、すなわち氷夜香を遠ざけておきたいということ。彼はしばらく遙希を相手にするつもりであって、すぐに殺すつもりはないということだ。

どちらにしても……。

リヒトが遙希を生かしておくのも、多分時間の問題だ。

すぐには殺さないということは、すなわち時が来たら何の躊躇もなく命を狩るということでもある。

境界は……多分、遙希がヘルギとして十分に目覚め、倒すに値すると気まぐれな彼が思った瞬間。それまで右に流れていた水が分水嶺を超えた瞬間左に流れ出すように、遙希の命は多分、そこで運命を違えることになる。


一刻も早く舞い戻り、共に戦いたい衝動をおさえながら、氷夜香は皆が助かる方法を探す。

槍を失った氷夜香の武器は、手に縛った短剣と……。

プリーツスカートのポケットを探り、コイン大の石を取り出す。

（『ᛁ』《イズ》が一枚と、『ᛏ』《テュール》が一枚……あとは……）

掌に出てきたのはわずかに三枚。しかし、先に破壊されてしまった槍とは違い、このナイフのごとき短剣には、そもそも石をはめ込む穴がひとつしか開いていない。氷夜香は迷うことなく『ᛁ』の石を短剣に填め込み、『ᛏ』をポケットに戻す。

そうして、一枚をつむぎの胸元に落として指で空中に文字を描き、幼子にそっと囁くように『ᛋ』《シグル》とつぶやいた。

それは眠りのルーン。

これで彼女は、気絶から眠りへと移行するはず。悪夢からも解放され、目覚めるまでは安らかで幸せな夢の中にいられるはずだ。

「う……」

つむぎが小さくうめき、すぅと眠りの世界へ落ちる。

かわいくてかわいくて、とても可愛い女の子。眠る彼女を抱きしめて、氷夜香はちいさく、自分に向けてためいきをついた。

「そうか……わたし、怖かったのね……」

この女の子が遙希に向ける、真っ直ぐな想いが怖かったのだと。

昼のことを思い出す。

氷夜香が夜を徹して用意した弁当の脇に、どん！　……と、音をさせて置かれた小さなお弁当箱の包み。

つむぎにとって氷夜香の弁当が不意打ちだったように、氷夜香にとっても、つむぎのお弁当は不意打ち以外のなにものでもなかった。

そして。

彼女がフタを開き、氷夜香はそれを見て驚愕《きょうがく》した。

かわいい！　と、そう思った。

卵焼き、唐揚げ、きんぴらごぼう、アスパラ巻き……。

当たり前の、お弁当。

でも、つむぎの〝お弁当〟には、ずっと遙希のことをそばで見てきたから、だからこそできる、あふれるほどの思いやりがいっぱいに詰まっていた。

形だけ綺麗な氷夜香の弁当とは違う、自然な「好き」の意思表示。

女の子らしい、一所懸命が形になった……。

そこには、氷夜香にはない、遙希と重ねてきた彼女の幸せがあった。

だから、見て、すぐに思ってしまった。

シグルーンとして一緒に過ごしてきた時間は、遥かに長いはずなのに。

氷夜香として、遙希を護《まも》ってきた時間は遥かに長いはずなのに。

なのに氷夜香は……。

つむぎに負けると思ってしまったのだ。

『長く一緒にいる、それだけでは彼の恋人はつとまらないわ』

あのとき、「わたしは幼なじみなのだから」と言ったつむぎに、放った言葉。

あれは、残らず全部、自分に向けた焦りだった。

ひどいことを言ったと思う。

自分に向けられるはずの言葉で、つむぎの「好き」を踏みにじってしまった。

後悔する。

謝らなければならない。

そして、改めてこのつむぎという女の子に、同じステージに立つと宣言しなければならない。

あまりに強敵過ぎて目眩《めまい》すらする。

どんなワルキューレを相手にするよりも、きっと彼女は手強い。

それでも、勝ちたい。

ヘルギと、いや、今の遙希と幸せになりたい。

だって……。

「好きになってしまったのだもの……しかたないよ、ね」

それも、遥か昔に。

こんなにも追い詰められているのに、笑みが漏れる。「愛している」ではなくて「好き」という言葉を自分がつぶやいたこと。それにとても心躍ってしまって、それがとても初々しい感じがして、それがとても……今の自分の本当の気持ちな気がして。

それがとても、嬉しかったから。

「好き」

もう一度呟いて。

ときめいて。

恋をしていると気付いて。
「うん」
ひとりうなずく。
決めた。
そうだ、自分に正直になろうと、決めたはずだったではないか。
金曜日の夜、遙希の前に姿を現してしまったあのときに。
日曜日のお昼、本屋でお弁当の本を見て、幸せを夢見てしまったあのときに。
月曜日の夕刻、保健室で彼の寝顔を見たあのときに。
今生を、共に生きると決めたはずだ。
だから……。
愛する彼を失わないために、彼のところへと帰ろう。
そして、これからもいっしょに歩むために。
……この状況を打破するたったひとつの方法を、彼に伝えなくてはならない。

†

「どうした、もう少し急いで下がれ。あまりに鈍いと、喉元に俺の聖剣が突き立つぞ」

次から次へと飛来しては舞い戻る三本の聖剣。

遙希は『黄金なす痛み《ヴィグネスタ》』を縦に構えて、リヒトが一歩を踏み出すたびに、気圧されるように一歩を下がっていた。

トネリコの芝生から、遊歩道の煉瓦へと踏み出し、柵につまずいて花壇へと無様に倒れ込む。それでも歩を緩めることなくリヒトは進み、遙希は四つん這いになって逃げ、背を向けてしまった恐怖から立ち上がって、また剣を構え直した。

「ああいいな、今の格好は無様だった」

花壇の灌木を聖剣《グラム》で切り飛ばし、無造作に、無人の野を行くがごとくリヒトは歩み来る。

いや違う、と感じる。

これは無人の野ではない、リヒトが歩んでいるのは、さながら王宮の赤い絨毯だ。

遮《さえぎ》る者はない、あるのは全て、彼を讃《たた》える者のみ。

歩むのは、玉座へと続く道。彼のためだけにある、いわゆる『王道』なのだと。

ゆえに、大胆にそこを歩むリヒトに隙などなく、遙希などに反撃の機会はない。遙希に待つのは当たり前に弄ばれ、当たり前に蹂躙《じゅうりん》され、当たり前にうち捨てられる未来のみ。

竜の英雄を相手に、敵うわけがない。

制服はもうあちこちが切り裂かれ、その下の身体にも浅い裂傷を刻まれている。このままリヒトの攻撃を捌き続けたとしても、じりじりと追い詰められていくだけ。否、リヒトの攻撃を捌いているると思っているのは遙希だけで、そもそもリヒトがその気になれば、遙希の命など一瞬で絶たれてしまうのは、火を見るよりも明らかだった。

その証拠に……。

リヒトの表情には、遙希に大きな傷をひとつも負わせていないことへの、焦りも不満も、そのどちらも毛の先ほども浮かんでいないではないか。

遊ばれている、と感じる。無様を愉しむためだけに、生かされていると感じる。

「くそっ！」

漏れた悪態に、リヒトの柳眉《りゅうび》がぴくり、と揺れた。

「威勢が良いな」

それが気に入らぬと言う。

反抗的な態度をとることは許さないと、その悲鳴で我を讃えろと。

それだけが、生かしておいてやる理由なのだと。

ゆえに。

「鳴くことに専念しろ」

居丈高《いたけだか》に、尊大に、言い放つ。

そうして、

「そうだな、よく鳴けるよう、腕のひとつも落としておくとしよう」

言いざま、手近を舞う聖剣を手に取り。

「ちょうど良い、バルムンクか」

つぶやきと同時に、それまでとは違う、明らかに殺意の乗った一撃が切り下ろされ……。

腕が飛んだと思ったその瞬間。

遙希の視界を、平原が埋め尽くした。

遙希は戦場の中にいた。

地には岩と雪、そして若草。

空にはたなびく光のヴェール《オーロラ》。

原野には、数多の戦士が並び立ち、剣戟《けんげき》の音が天地を埋め尽くす。

手の中には、『黄金なす痛み《ヴィグネスタ》』があって……。

脇には、その彼の姿を誇らしげに見上げる猛者たちがいた。

「な……にぃ……」

漏らしたのは、リヒト。

彼の目に飛び込んできたのは到底信じられない光景。

斬撃は、光放つ『黄金なす痛み《ヴィグネスタ》』の刀身に受け止められていた。

この戦いではじめて放った意識的な一撃は、よりによって、「偶然」掲げただけの剣に受け止められてしまっていたのだった。

当たり前に切り飛ばされるはずだった遥希の腕は、無傷でそこにある。それがリヒトには、許せない屈辱だった。

「貴様……こんなまぐれを！」

つぶやき、口にした言葉にリヒトは違和感をおぼえる。

本当にまぐれなど起きるものか？　と。

その答えは否、奇跡が起きたとしても、剣の合においてまぐれはない。

（ならばこれは……っ⁉）

そのとき、押し込もうとしていたバルムンクがいきなり空を切る。

つば競り合っていた『黄金なす痛み《ヴィグネスタ》』を遥希が引いたのだと、リヒトが悟ったのは、すぐ。

しかし気付いたときにはすでに遅く、遥希の聖剣はすでに空に燕《つばめ》を返していて、前のめりになっていたリヒトの胸を一文字に切り裂くよう、横に一閃されていたのだった。

『黄金なす痛み《ヴィグネスタ》』の刃が綿のシャツを裂く。

無意識に続く斬撃を警戒し、この戦いで初めてリヒトが三歩を下がる。

遙希が我に返ったのは、そのときだった。

「……あれ？」

戦場の幻影は消え去り、切り落とされたと思った右腕はついている。

どころか……横に振り抜いた右腕は、しっかりとヴィグネスタをつかんでいて、さっきよりも数歩離れたところでは、シャツの胸を切り裂かれたリヒトがこちらをにらんでいた。

手応えが、ある。

「オレが、やった？」

それ以外の結論があるはずもなく。

遙希の目の前で、リヒトは柳眉を逆立て……。

裂かれたシャツを握り、破り捨てるように脱ぎ捨てる。

しなやかに締まり、しかし厚く鍛え上げられた肉体を月光の下に曝《さら》し、リヒトは吠える。

「やってくれたなっ！」

しかして激昂する彼の肉体には、一辺の瑕疵《かし》もない。

切り裂いたはずなのに、その胸には、ほんのわずかな傷もついてはいなかった。

「なんで……」

驚きは遙希。

侮るなと、リヒト。

「傲《おご》るなよヘルギ。俺の身体は竜の血を浴び、ゆえに俺の肌は無敵の鎧だ。きさまごときのくだらぬ聖剣もどきで、この身体に傷などつくものか。だがしかしそれでもだ！　それでも、その汚らわしい鋒《きっさき》で俺に触れたことは絶対に赦さんぞ！」

リヒトが大きく一歩を踏み出しながら、背の聖剣《バルムンク》を再び手に取る。

竜殺しの英雄が繰り出す絶対の斬撃は、しかしてまたも遙希の聖剣《ヴィグネスタ》によって打ち返されていた。

「貴っ、様あっ！」

返す刃も同様。

先と同じように下がりながらも、遙希はリヒトの刃をことごとく弾く。

違うのは、先までの剣舞が完全な戯《たわむ》れであったのに対して、この二撃は切り裂くべく繰り出されていること。遙希はそれを、つたないとはいえど、まるで戦を経験したことのある者のごとく捌いてみせたのだった。

「腕が、軽い……？」

続く幾度もの剣を弾きながら、遙希は気付いていた。

決して膂力《りょりょく》が増しているわけではない。

リヒトの剣技に目が、腕がついていけているわけでもない。

ただ、剣をどのように扱えばいいのか、まるで覚えているように身体が動くのだ。

理由は明白だった。

戦いの記憶、勘とでもいうものが、戻っている。

リヒトの剣をその身に受けそうになった瞬間、視界に蘇った戦場の風景がそのはじまり。

あれこそ、ヘルギという勇者の記憶だった。

はじめはすこしだけ。しかし、斬撃をひとつ受けるたびに、記憶は鮮明になっていく。

戦場の匂い、大気の肌触りまでもが、懐かしささえ伴って蘇っていく。

『英雄はな、戦いの中で目覚め、花開くものだ』

リヒトが言った言葉をそのまま体現するように、遙希は戦いのすべを手に入れていく。

一合ごとに苛烈《かれつ》さを増していくリヒトの剣。

受けるごとに、遙希の脳裏にフラッシュバックしていく過去の記憶。

遙希は、自分が何者であるのかを知り、その想いと思いを胸に宿していく。

剣の一合ごとに、ヘルギという英雄が、遙希とひとつになっていく。

遙希はそれを不愉快だとは思わない。

それはヘルギに取って代わられるのではなく、真にただ思い出していくというプロセス。

忘れていたことを、遙希という少年が思い出していくという回復の過程。

否。

記憶ではなく、それは思い出。

ヘルギという名であった遙希が、シグルーンと共につむいだ、生きてきた道程だった。

†

通りを大きく跳び越え、歩道橋を盾にし……。

光の矢を避け、身を躱す。

氷夜香は、上空のグズルーンを相手に、終わりのない苦戦を強いられている。

短剣一本で、あの姫騎士を相手にするのは、分の悪いどころの騒ぎではなかった。

向こうはオーロラで姿を隠し、ただ天から一射で七射の矢を落とし続けていればいいのに
対して、氷夜香は人々の前に姿をさらさぬように逃げ続けなければならないのだ。

いや、正直なところ、氷夜香が戦いのために姿をさらすのは、いい。それが遙希のためならば、街の中心で大立ち回りをすることだって厭わない。

だが……。

意識を失ったつむぎを抱いたままで、それはできない。

常人の数倍の速さで駆けながら、天に浮かび、後を追ってくるオーロラの輝きに目を向ける。上からの攻撃というだけでも、背中に目のついていない身では対するのが難しいというのに、そのうえオーロラの光が邪魔をして、矢を射るタイミングを先読みすることができない。

もちろん、天から射られる矢は、氷夜香たちを狙っているだけではない。

走り、同じような場所を何度か廻るうちに気付く。彼女は矢を進行方向に降らせ、退路を断つことで、氷夜香が向かう方角をコントロールしている。

それは、氷夜香をどこかへ向かわせようというのではなく、遙希とリヒトの戦いから遠ざけようとする意図。それだけに、気付いたところで、この状況を打破することにはつながらない。

(どこかで反撃を……)

一瞬でいい。

ほんのわずかな時間でもいいから、草色の鎧纏う姫騎士の意識が、氷夜香からはずれてくれさえすれば……。

そう考えたそのとき、次の矢が降り来て、向かう先に突き立つ。続く六本の矢が降る先を予測した氷夜香は、進路を変更すべく横に大きく跳んだ。

（今の攻撃は……？）

これまでに比べ、あまりに杜撰《ずさん》な一射に違和感をおぼえた次の瞬間。

「っ……！」

しまったと歯がみする。

そこは小さな交差点の真ん中、遮るもののない場所におびき出されたのだと知り、慌てて上空に目を向ける。

草色の鎧纏う弓のワルキューレは……真に、真上にいた。

電柱の更に上程度の高みにいて、弓を構え真下の氷夜香に、矢を向けていた。

「……⁉　ハガラズ⁉」

矢の先に浮かぶのは、『H』に似たルーンの文字。背後に浮かぶアウルーラの力を借りることで瞬時に描かれたそれに、氷夜香は、はめられたのだと知る。

打破できない状況を確定する、未来固定の魔術。グズルーンは『最も短い距離を矢が飛ぶ』という状況を作り出すことで、『逃げられないと氷夜香が思う』という、来るべき結果を導いた。『N《ハガラズ》』のルーン纏う矢は、放たれれば彼女の描いたその結果、氷夜香の描いた未来を確定する。

それは、どうあっても逃げることのかなわぬ必中の一撃だった。

（つむぎちゃんだけでも……）

なんとか無傷で……と、そう考えた瞬間。

チャンスは、唐突にやってくる。

矢の先のハガラズを霧散させ、グズルーンが振り向き、明後日の方向に矢を放つ。

彼方、北照高校の更に向こうにある山の方角へ。

あまりにも突然の行動だった。

七射の矢は闇に吸い込まれるように消え、数瞬後、闇夜を照らす爆発的な光が空を染める。

どこから放たれたのだろうか、草色の戦女神を狙い空を奔《はし》り来る炎の矢を、彼女は、即座に迎え撃ったのだった。

驚異的な弓の腕。

飛び来たる矢を正面から撃ち落としたこともだが、迫る驚異をこの距離で察知したことにこそ驚愕するべきなのだろう。しかしそれを成したグズルーンは、ただ微笑みのままに矢の飛び来た方角を見やって。

「炎の、ルーン……ですね」

さしたる感慨《かんがい》もないように、つぶやくのみだ。

しかして、隙はそれで充分。

彼方からの攻撃にグズルーンが気を取られたその隙を突いて、氷夜香は地を蹴り高く跳躍していた。草色の姫騎士のわずかに高みで宙返りをうち……そしてその勢いのままに、彼女は短剣を振り下ろしたのだった。

しかし、グズルーンは慌てもせず、ただ無造作にその一撃を避けようと身を躲す。

常ならば、それで充分といえるだろう。

しかし、それこそが狙い。


氷夜香には、グズルーンの心の声が手に取るようにわかる。

彼女は、この短剣が自らの身体を傷つけることがないと思っているのだろう。

ただの短剣の一撃が鎧を割ることなどなく、ましてやルーン石の助けもないままに、彼女の戦乙女の馬《アウルーラ》〝グラウム〟を傷つけることなど不可能。ルーンの助けを借りようにも、ルーン文字を描くのに数角が必要である以上、振り下ろしてからそれを描くことなど不可能で、その上それを唱え結実することなど無理だと。

それが常識、しかしそれは油断。

天からただ矢を射るだけで空を制圧する、姫君《グズルーン》の、限界。

「『ᛁ』《イズ》」

剣を振り下ろし、唱える。

短剣にはまっていた、たった一枚は槍のルーン。

総画は一画、振り下ろす軌跡でルーンを描き、ルーン最短の音節で発動するそれは、本来は投擲《とうてき》用の武器にかける魔術文字であるもの。

弓の戦乙女であるグズルーンこそもっとも得意とするその文字を、氷夜香は今、短剣の一撃に用いたのだった。

結果。

『ᛁ』《イズ》の石は、光となって消え、短剣は氷を思わせる白と、雷を想起させる紫のスパークを纏い、矢のごとく加速する。その加速は短剣と布でくくられた氷夜香の手を引き、つむぎを抱えた彼女の身体ごと、瞬きの間でグズルーンの脇を上から下へ駆け抜ける。

グズルーンに躱す間などない。

交錯《こうさく》の瞬間、氷夜香は弓と四本の翼を瞬断し、そして地に降り立つ。

短剣は彼女の手から離れて地に深々と突き刺さり、それを手に縛っていたスカートの生地は、ルーン魔術の余波で粉々にちぎれ飛んでいた。

「ごめんね、怖い想いをさせたね」

まだ眠ったままのつむぎに話しかける。

背後の空、翼をもがれたグズルーンは、落下する。

細い黒弓、両足の翼、そしてアウルーラの肩に生える一対の翼まで、そのすべてを一撃で斬り落とされた弓姫が墜落する様を見届けることなく、氷夜香は遙希の許へと急ぐ。

†

森深き斜面。

木々の間に壊れた赤いアウルーラが横たわっている。

胸装甲の上には、弓を放った後の姿勢、すなわち残心の有り様で、戦女神《ワルキューレ》が立っていた。

やがて……。

彼女は構えを解き、ゆっくりと、手にした和弓をおろす。

その戦女神……フルンドこそ、グズルーンへと炎の矢を放った射手だった。

彼我の距離は七キロメートル。

狙うのにしばしの時。射つのに三枚のルーンを用いた一撃を、グズルーンは一枚のルーンを使うこともなく、只振り向きざまの一射だけで相殺ち落《う》としてしまった。

まこと畏怖《いふ》に足る所行《しょぎょう》だった。竜殺しの英雄にして王、シグルズ《ジークフリート》の正妻として、彼の後ろに控えているのは伊達ではないということだ。

「それでも、目的は達成できたと言えましょう」

フルンドの作った隙をつき、シグルーン……背羽氷夜香がグズルーンを仕留《しと》めているはずだ。この距離からでは確認もできないが、フルンドの『天狼火炎焱《てんろうほむら》』を半壊せしめた戦女神なのだから、それくらいは、してもらわなくては困るというもの。

ふっと笑みを浮かべる。

弓を射るに邪魔であったため、頬に一本の髪も触れぬよう、赤いリボンで高くまとめていた黒髪を解き、頭を振る。

「さあ、『天狼火炎焱《てんろうほむら》』」

彼女は、足下の愛馬に話しかける。

「ウェルンドの鍛冶工房でその身を休める前に、もうひと働きです。あの方のためシグルーンに存分に槍を振るっていただくためにも……彼の方の眠り姫を、いっとき預かりに参ることにしようではありませんか」

十の五倍に四足りぬ剣の蔵

一合ごとに蘇っていく、記憶。
自分はいったい何者で、なぜここにいるのか。
ひとつ剣と剣を打ち合うごとに、その答えは積み重なっていく。
すべてが必然だった。
すべてが望みだった。
すべてが、シグルーンとふたり、ただ生きていくための反逆だった。
それを、遙希《はるき》は思い出していく。

はじまりは、遥かに昔——

とある国に物言わぬ王子がいた。
物を言えぬとは、告げる名がないということ。
その魂は輝きを放てど、ひとり死ぬしかない命ということ。
数多の武勲《ぶくん》をあげれども、讃《たた》えられる名を持たぬ魂。
記憶に残らぬその有様を、しかし見初めた者がいた。

王神の猛《たけ》き娘が、物言わぬ勇者に恋をしたのだった。

戦女神は、物言わぬ勇者に『ヘルギ』という名前を与えた。

名と共に、魂に宿る剣の倉の合鍵と、そして。

乙女である身を捧げたのだった。

それが全《すべ》てのはじまり――

遙希の魂は憶えている。

戦場となった山の頂に屍の山を築き、にも関わらず手柄もなくひとり取り残された我が身。

その前に、その美しい戦女神が舞い降りたときのことを。

雪解けの水晶の色をした髪、眩《まばゆ》い鎧、大人びて、なのに幼子のような愛らしい貌《かお》。

物言わぬ王子は、一目で彼女に恋をした。

だが彼は名を持たぬ者。

ゆえに愛を囁《ささや》く言葉を持たず、どのような宝を手にする資格をも持たない。

彼は、世界でもっとも孤独な勇士だった。

しかし、彼女は彼に名を与え、彼は名を得て彼女を得た。

彼にとって彼女は、彼の世界にはじめて訪れた、はじめての『自分以外の存在』だったのだ。

†

輪廻《りんね》は、こうしてはじまった――

†

鋼の打ち合う音が響く。

「つまりさっ！」

リヒトの剣《ノートゥング》を受け止め、つばぜり合いの下から、遙希は言う。

「オレっていうぜんぶが、シグルーンからはじまったってことかよ……っ」

噛み合っていたノートゥングを押し返して、飛び来たグラムとバルムンクを打ち払う。

遙希は、鮮やかに思い出す。

『名』を持たなかったヘルギは、そのワルキューレから名をさずかり、彼女を愛することではじめて存在として世界にあると認められるようになった。彼女との出会いがなければ、ヘルギはそのままに死を迎え、そこにあったという痕跡すら残すことはなかっただろう。

「ヘルギ！　ならば、貴様が大罪人であるゆえんも理解できるだろう！」

「悪いけど、それはさっぱりだ。ってか知るかよ！」

甲高い金属音をさせ、聖剣同士が弾きあう。

闘いの音が、遙希の中のヘルギを更に覚醒させていく。

シグルーンと重ねた思い出を、彼女と愛し合った日々を取り戻していく。

一撃ごとに苛烈になっていくリヒト……ジークフリートの剣を、一合ごとに鋭くなる剣の扱いで、受け止め、躱《かわ》し、捌いていく。

「こうでなくてはな、ヘルギ！　こうでなくてはなぁ我が兄王！　こうして撃ち合い、雌雄を、優劣を、価値を！　有り様を決する日を、俺は心待ちにしていたぞ！　だがまだだ！　まだまったく足りていない！　さあ取り戻せ！　ありし日のお前を！」

自身の打ち込みを躱すことなく真っ向から打ち返す遙希の剣に、心躍ると歓喜を言葉にするリヒト。しかし遙希の意識はリヒトの言葉へなど向いてはいない。

遙希の心をとらえているのは、心に蘇っていく、シグルーンとの日々。

生まれ変わって、出会い。

ふたたび恋に落ち。

また、死に至り……。

そして遙希は、繰り返される刃の閃きと響きの中で、なぜヘルギが『魔王』と呼ばれなければならないのか、その理由に至る。

それは……。

そこへ、剣ではなく、拳の一撃。

「上の空とは、良い度胸だ！」

我に返った遙希の下腹に、突き上げる左拳の一撃が、刺さる。

（っ⁉）

横隔膜《おうかくまく》を強打され、腹から、肺から一気に息が抜ける。

持ち上げられ、身長よりも高く跳ね飛ぶ遙希の身体、そこにノートゥングを握り込んだままの右拳が炸裂する。

顔面を殴打する拳の衝撃に、遙希は全身で宙をすっ飛ぶ。どちらが上でどちらが下なのか、そんなことを認識する余裕もなく、何度も地を跳ね、そしてこの戦いの最中に、いつの間に戻ってきていたのか、トネリコの木の幹にしたたか身体をぶつけ……遙希はようやくのことで止まったのだった。

†

「あの娘はどうなるのですか、全能なる神の王よ」

『その問いかけに意味はない、勇猛《ゆうもう》なる人の王よ』

「ならば今一度問いましょう神の王よ。終末まで繰り返される輪廻の中、あの娘の恋と愛はどこへと行き、いったい誰が拾い上げるというのでしょうか」

『なにを悲しむことがあろう人の王よ。終末の戦いが来たるその日まで、そなたは好きなだけの肉を喰《は》み、好きな戦女神を好きなだけ抱けるというのに』

「誰も拾わぬと？　神の王よ」

『誰も拾わぬのだ、人の王よ』

「ならば神の王よ。わたくしが輪廻し、永遠にあの娘《シグルーン》の恋を拾い続けよう。ゆえに、あの娘と共に生きるこの身が、あなたの横で轡を並べることはありますまい」

『ならば人の王よ。輪廻の続くかぎり、永遠にそなたの命を刈り続けよう。そして、魔王となりて生きるそなたを、いずれ我が物とし我が友としようではないか』

†

「どけ、氷夜香《ひよか》」

「いやです」

声が聞こえる……全身の痛みにうめきながら目を開く。

見上げると、いつの間に帰ってきたのだろうか、目の前に背の高い女の子の背中があった。

「ルーン……背羽……先輩？」

「ヘルギ様！」

振り向いた氷夜香の瞳は、泣きそうに潤《うる》んでいた。

心配と不安、生きていて良かったという安堵と、そして少しの怒り。それらがないまぜになった感情を隠しもせず、氷夜香は遙希を見つめている。

その表情を見て、思う。

「なるほどな……」

腑《ふ》に落ちた、と。

この女の子を守るためなら……。

「そりゃ、ヘルギは魔王にもなる」

不思議そうな顔をする氷夜香の疑問には答えず、問う。

「ところでさ、つむぎは」

氷夜香は無言でうなずき、それで遙希には、大切な幼なじみが無事であると知れた。

ならば安心だ、と。

笑みを浮かべ、立ち上がろうとするものの、力が抜け膝を突いてしまう。

「痛っ……」

「ヘルギ様……っ」

気遣わしげに手をさしのべようとする氷夜香の手を拒み、遙希はひとりで立ち上がる。ヴィグネスタを支えにして震える膝を立たせ、奥歯を噛みしめて身体を持ち上げる。

「氷夜香先輩……先輩のアニキ、本気で強いな。正直、全く勝てる気がしないって。なんだよあれ」

なんだよもなにも、竜殺しの英雄ジークフリートだ。

そして氷夜香は、そのジークフリートと戦うための手段を携え、伝えるために帰ってきた。

そう、遙希ひとりでは敵わないであろうリヒトを相手に戦うためには……。

「わたしを……！」

そこまでを言い、ためらってしまう。

『わたしをあなたのワルキューレとして認めて欲しい』と。

それが唯一、リヒトと対等に戦う手段だというのに、たったそれだけを言うことができない。その契約さえ交わすことができれば、他の英雄にはないヘルギだけの『蔵』を開くことができるというのに、なのに、そうしてほしい、と口にすることを躊躇《ちゅうちょ》してしまった。

ためらいは、わがまま。

遙希自身から、あの人の口から、わたしのことを必要なのだと言って欲しい。

王の口から、わたしをあなたの戦女神にしてくださると、そう言って欲しい。

それは戦女神にあってはならない、ただの背羽《せわ》氷夜香のわがまま。

そんなのは望めぬこととわかっているのに……。

対して、そんな氷夜香の気持ちを知らない遙希は言う。

「まったくさ……そんなすがるような顔されてもな。どいつもこいつも、思い出せ、思い出せって。オレはヘルギさんを入れる器じゃあないってのに」

予想された答えではあった。遙希が遙希である以上、ヘルギを受け入れられないことなんて充分にあり得る。氷夜香はすんなりと自分がシグルーンであることを受け入れたが、誰もがそうなるなんていう保証はどこにもないのだから。

しんと、沈黙。

リヒトは、次に遙希が何を言い出すのかと待ち。

氷夜香は、このまま自分自身をも拒絶される恐れを、隠すことができずにいた。

「……氷夜香先輩、オレさ」

つぶやいて、遙希は、前髪をくしゃりとつかむ。

「どうしようもなくわかったんだよ……やっぱりさ、オレはヘルギなんかじゃないって……」

きゅっと、氷夜香は痛みを耐えるように手を握る。

「そうじゃなくて、ヘルギがオレなんだってさ」

「え……」

「なんでここにいるのかも、なんで魔王なんかになったのかもわかった。それでさ、残念ながらわかっちまったよ……ヘルギなんてどこにもいないって。いるのはただひとり、昔ヘルギって名前で呼ばれてて、今は門叶《とが》遙希っていう名前で呼ばれるオレが、ここにいるだけだってことが、さ」

小さく間を開け。

「だからさ、違うぜ、先輩」

惚《ほう》ける氷夜香を背にしたまま、遙希は言葉を続ける。

「オレは、シグルーンっていう戦女神の……女の子のために魔王になった。だったらさ、オレに訊くべきは、昔を憶えているかとか、思い出したかとかじゃないだろ。今のオレが背羽氷夜香っていう女の子のために魔王を続けるのかってさ、そっちだよな！」

ヴィグネスタを握りしめ、吠える。

凄絶《せいぜつ》とさえいえる笑顔でたたきつける、それは、反逆の意思。

「ヘルギが望む。我が魂の武器庫、遥かなる北の峰に眠る『十の五倍に四足りぬ剣の蔵《シーガルスホルム》』

……彼女のために扉を開け！」

遙希は振り向き手を伸ばし、叫ぶ。

「さあ来い、ルーン！」

遙希の声で、氷夜香の魂へと、いや氷夜香でありシグルーンである、存在の全てへと呼びかける。

「今からおまえは！　オレだけの戦女神《ワルキューレ》だ！」

「あ……」

言葉を詰まらせる氷夜香に、もう一度。

「来い！　シグルーン！」

「……ヘルギ様！」

氷夜香は、なりふりかまわずにヘルギの元へ飛び込む。

互いに手を伸ばし、その手がつながる。

そして……掌の熱を互いに感じたその瞬間。

周囲の風景が消え失せ、二人の姿は、巨大な石造りの空洞にあった。

そこは、武器庫だった。

剣がある。

槍がある。

盾がある。

暗闇の奥には、鎮座する戦乙女《アウルーラ》の馬〝ヴィーグブレール〟の姿がある。

その全てが、秘蔵された宝物《ほうもつ》。

ここは、ヘルギという英雄の、魂の宝倉《ほうぞう》。

――『十の五倍に四足りぬ剣の蔵《シーガルスホルム》』

比類なき聖剣、『黄金なす痛み《ヴィグネスタ》』さえも、その実、この中の一本にすぎない、絢爛《けんらん》にして質実たる武器の数々。ヘルギが認め、ヘルギを王と認めた臣下にのみ与えられる、聖剣の武器庫。

これこそが、はじまりのワルキューレに与えられた、ヘルギという英雄が誇る真の力。

神話は語る。

オーディンは、死したヘルギに、自分と共に死せる勇者の軍勢を率いてほしいと言った。

そう、オーディンは指揮官として、自分と同じ権限をヘルギに与えると言ったのだと。

無論、ヘルギは戦場においても並ぶ者のない勇士だったという。

しかし、ヘルギという英雄の真価は、剣の強さにあるわけではない。剣の力もて君臨する最強の英雄がジークフリートであるならば、人の力もて君臨する最高の英雄こそヘルギであると、ゆえにふたりは並び立つと、そう神々は褒《ほ》め称えたのだ。

「お前の槍だ……」

遙希は傍らの槍を手に取り、氷夜香に差し出した。

長い、身長よりなお長い輝く白銀の柄には、炎の蛇が巻き付くように黄金の筋が走る。海の色をした鋒《きっさき》は巨大な鏃《やじり》のごとき三角を成し、刃は鏡のごとき一点の曇りもない白銀に煌めいている。

――その名は『雪抱く絶峰《シュネーフィヨル》』

涼しげな美貌の氷夜香が手にする、そのために生を得たがごとき、聖槍。

見ればその槍のあったすぐ上側には、剣が固定されていた跡があった、そこはまさに王の剣『黄金なす痛み《ヴィグネスタ》』が、かけられていた場所。すなわちその槍は、王のもっとも信頼する臣下にこそ与えられる武器だった。

「賜《たま》わそう、我が南の黄金よ」

「ありがたく賜ります、我が王」

槍はそうして氷夜香の手に渡る。

瞬間、石造りの蔵は消え、風景は月夜の公園へと戻っていた。

ふたりはリヒトに対峙する。

遙希は黄金の剣を手に。

氷夜香は銀の槍を手に。

ふたりは、背に三振りの剣を帯びたリヒトの前に、立つ。

「いいぞ、やっとやる気になったか、ヘルギ」

「その前にさ。あのさリヒトさん、オレたちを見逃して、普通に生活をさせてくれないか」

「ダメだな」

「そっか。じゃあしょうがないよな」

あっさりと。

「当たり前だ」

「じゃあ、ハンデもらうぜ、いいよな」

「好きにしろ」

リヒトは栗色の髪をかき上げ額を出すと、背の剣の中からふた振りを手にした。

遙希は、氷夜香の手を引く。

「ってことで、先輩《ルーン》」

「はい、遙希様《ヘルギ》」

そして遙希は、リヒトをにらみつけ、最後の戦いの開始を告げる。

「二対一で悪いけどさ。それじゃあ……いくぜ、ジーク」

†

リヒトがジークフリートの獣性を解放する。

手にしたグラムとバルムンクの剣撃は、苛烈を極める。一撃ごとに聖剣であるはずのグラムが刃こぼれを起こし、受ける遙希が、一撃ごとに五歩の距離を退がらなければならない程の衝撃を与えてくる。

森で育ったというジークフリートにとっては、今の戦いかたこそが本来の剣技なのだろう。この、膂力《りょりょく》もて敵を圧倒するスタイルに比べれば、さっきまでの攻撃など、お座敷での騎士道ごっこにすぎない。そう思えてしまうほどに、強く、速く、臨機《りんき》に富み、そして精確《せいかく》。

もう、あまりに圧倒的すぎて、冷や汗すらも出ない。

なんとかしのげているのは、『十の五倍に四足りぬ剣の蔵《シーガルスホルム》』から持ち出した槍と、『黄金なる痛み《ヴィグネスタ》』のおかげといえた。手にした武器がこれらでなければ、遙希など初太刀で死んでいたに違いない。そう確信できる、リヒトの攻撃だった。

遙希の斬撃とリヒトの斬撃が噛み合い、火花と金属片を飛ばす。

二度、三度……ヴィグネスタの刃が放出する力の護りで斬撃を耐える。しかし力の差は絶対的。剣閃を何度も受け続けることはかなわず、押し込まれ、姿勢を崩される。

とどめとばかりに打ち込まれる必殺の一撃を、銀の槍を手にした氷夜香が割り込んで打ち返し、遙希が体勢を立て直す……そんな攻防とも言えない、防御戦が続く。

長くはもたない。

そんなことは遙希が一番よく知っている。

リヒトは強い、ワルキューレである氷夜香の槍も、本気になったリヒトに易々と届くことはない。たぶんフルンドのアウルーラですら、手合わせをすれば瞬時に倒されるのだろう。

「だけどっ！」

遙希は崩れた姿勢を立て直す。

「邪魔だ！」

その目の前で槍の穂先をつかみ、リヒトは無理矢理に氷夜香を放り投げる。背中のバルムンクを氷夜香に向けて放り、大上段からグラムの一撃を、遙希の脳天にたたき下ろす。

遙希は、リヒトの腕を跳ね上げようと、ヴィグネスタでグラムを力一杯払った。

瞬間……伝説が、砕ける。

シグルズ《ジークフリート》とヘルギの父、先王シグムンドが王神《オーディン》から賜ったという聖剣。これを抜き持つ者こそが王であると約束する、王権の象徴たる聖剣《グラム》が、五つの破片に砕けて散った。

しかし、それはリヒトの想定内。

そも、聖剣グラムは、シグルズの手に渡る前に、一度折れている。

それを鍛え直したシグルズのグラムは、戦いの中で『砕ける』ことこそが前提。グラムは自らと同格かそれ以上の聖剣と刃を交えることで、徐々に欠けていく性質があるのだ。

それはすなわち、敵を値踏みする行為。やがてその刃が砕けたときこそ、グラム自らが、その敵を屠《ほふ》るに値すると認め、真の姿を見せると決めたということ。グラムの砕けた刃は、その一つ一つが聖剣一本に匹敵する武器となり、自らの意思で飛び、標的を刻む。

五本のグラムを相手に立っていられる勇士がいるはずもない。事実、これまでの戦いにおいてグラムと斬り合い、立っていた者はいなかったのだから。

「だが、しのいで見せろよっ！」

リヒトは、左手に持ったバルムンクで、遙希のヴィグネスタを弾き上げる。

グラムを払うために力一杯剣を振った直後の遙希は、それを察知できないまま、思わず身体を隙だらけに開いてしまっていた。

直後。

鎖骨を割るように、飛来したグラムの破片が突き刺さる。

「あ……ぐ……」

うめきさえ喉に詰まる痛み。

衝撃が臓腑《ぞうふ》を逆転させ、全身の血が沸騰《ふっとう》するような痛みを抱え、目の前が真っ赤に染まるような錯覚が全身を駆け巡る。

ヴィグネスタの護りがなければ、死んでいたであろう一撃。

だが遙希は意識を半分持って行かれながらも、二本の脚で地を掴み、倒れない。

その瞬間、リヒトはそれまでになく心躍らせていた。

グラムの刃で遙希が倒れなかったのは、ヴィグネスタによる護りの力が働いていたからだ。しかしリヒトは、それを卑怯だとは微塵《みじん》も思わない。誰もが生まれ持った天賦《てんぷ》や資質を持つように、ヴィグネスタはヘルギという英雄の、魂に結びついた聖剣だ。

であるならば、それは遙希という少年の才能であり、力の一部、ましてヴィグネスタの刀身が発する光は奴自身の魂の力、ならば、遙希という少年の内包する力をこそ賛美するべきというもの。

それをリヒトは、『心躍る』と表現する。

こうでなければならない。

存在を知ったときには、名声だけを欲しいままにして死していた実の兄……死して後は並び立つと称され、死せる英雄の軍隊の指揮官として迎えられながら、オーディンの手を逃れ、たったひとりの戦女神のために転生の道を選んだ魔王。

ただひとり、一度も顔を合わせることなく、ジークフリートたる自分に、屈辱を味わわせた、英雄ヘルギ。

それが、そんなにも簡単に倒れてもらっては困る。

どこまでも抗《あらが》い、苦戦というものを知らないこの身を、愉しませてもらわなければならない。そのヘルギを打ち倒したときこそ、自分の上には英雄などいないということを、自らに証明することができるのだから。

目の前で、ふたつ目の大きな破片が、少年の身体に突き刺さる。

しかして少年は倒れない。

歓喜が胸で荒れ狂う。今、この少年は強い。戦いを知ってものの一時間もたっていないというのに、すでにその在り方は、歴戦の勇士に並んでいる。

ならば、殺してもいいだろう。

バルムンクを構える。

遙希を護るために、氷夜香が割り込んでくることすら想定済みだ。

氷夜香をグラムの残る破片で切り裂き、その身体ごと、遙希の身体を一刀両断にする。

たったそれだけ、戦いの幕を引くのは、いつでも至極単純な作業だ。

しかし、グラムの破片はリヒトの目の前を通り過ぎる。

「!?」

違和感を感じ、振り向くリヒト。

しかして一瞬速く、氷夜香の脚は、トネリコの樹を蹴っていた。

リヒトに向け、弾丸となった氷夜香が突撃する。

「ノートゥング！」

空を舞う三本目の聖剣はしかし、氷夜香の槍に阻まれる。

暴風のように槍を振り回して続くグラムの破片を叩き飛ばし、上空から、遙希のワルキューレが舞い降りる。

「リヒト兄さん！」

叫び、そこから一直線に突き出された槍の穂先、それが真っ直ぐにリヒトの心臓をめがけて疾走《はし》り、リヒトはそれを、バルムンクの刃で受ける。

聖槍の穂先と聖剣の刃がぶつかり、槍の一撃は阻まれてしまう。

「どうした氷夜香！　これで……」

言いかけたリヒトの言葉が、止まる。

リヒトが凝視する先、バルムンクと噛み合う槍の先端には上を向いた矢印の形をした、光の文字が浮いていたのだった。

それは力のルーン。

「『↑《テュール》』！」

瞬間、光のヴェールが彼女の身体を包んでいく。

氷夜香の姿が、変わる。

纏う衣も、髪の色も、戦場を駆けるための姿へと移りゆく。

白く、白く透き通る髪は、わずかに青みがかった氷河の色。

ユニコーンを象った頭飾りには、妖精を思わせる羽根飾り。

その兜から、髪は白糸にて編まれた滝のように溢れ出でて。

柔らかなライン描く胸を覆うのは、真珠の蒼色をした胸甲。

しなやかな強さを秘めた四肢にも、光輝く手甲脚甲を纏い。

深いスリットの入った、長いスカートを夜空になびかせて。


槍をもて、ヘルギのシグルーン……いや、門叶遙希の背羽氷夜香が降臨する。

遙希の『十の五倍に四足りぬ剣の蔵《シーガルスホルム》』に納められていた『雪抱く絶峰《シュネーフィヨル》』を手にしたことで解放されたこれこそが、氷夜香の真のワルキューレ姿。

これこそが、ヘルギが出会ったはじまりの戦女神《ワルキューレ》の姿だった。

「極光を！」

氷夜香の手で槍が加速する。上空に向けてオーロラの光を吹き上げ、氷夜香は、全身でバルムンクの刃を上から押し込んでいく。

「そのやり方でバルムンクを弾いたとて……竜血を浴びた肌は貫けず、心臓にも届かんぞ！」

しかし氷夜香の表情は変わらない。

瞳には、これでいいという確信、そして遙希に対する信頼がある。

その様子に、この戦いで、はじめてリヒトが動揺する。

突進をし続けるワルキューレの槍を受け止めたことで、自分が氷夜香に「動きを封じられているのだ」と、そこで気付く。

背後には……。

首を廻《めぐ》らせた先には、遙希。

荒い息をつく遙希が手にした『黄金なす痛み《ヴィグネスタ》』は、今までにない強い輝きを放っている。

一撃にすべてを賭けるため、ありったけの力を注ぎ込んだ、それは眩いほどの黄金色だった。

「ヘルギ……貴様、謀《はか》ったのか」

憎々しげな眼差しを向けられて遙希が、薄く笑う。

そうして。

「オレは……魔王だぜ？」

言いざま、遙希は、竜の英雄の背中に向け、黄金の軌跡描く聖剣《ヴィグネスタ》を、力一杯振り抜いた。

†

天から剣が降る。

遙希がよろめきながらトネリコの木にもたれかかり、氷夜香も側《そば》へとやってきた直後のことだった。

戦いの終わりを告げるようにリヒトと遙希の間へ音もなく突き立ったそれは、限りなく黒に近いアメジストとでも表現するしかない、透き通った黒紫色の石でできた、剣……のように幅広の刃を持つ槍だった。

その槍の脇に、槍と同じ材質であろう、紫水晶の鎧を纏った背の高い戦女神が舞い降りる。

「ブリュンヒルデ様……」

遙希に寄り添う氷夜香のつぶやきは、呆然としながらも、緊張感を孕んでいた。

彼女《ブリュンヒルデ》はうずくまり、リヒトに肩を貸す形で立ち上がる。

また敵なのかと身構えたそのときだった。

「ジークフリート様、ここはお引き下さい」

まるで騎士のように全身を黒紫の鎧に固めた彼女は、リヒトに向かって、撤退を進言する。

「黙れ……」

「お叱りはいかようにも、我が君。しかし、その背中の傷は今後に障《さわ》りましょう。見れば、あの者たちもずいぶんと消耗している様子。今の彼らをヴァルハラへと連れて行ったところで、我が父上《オーディン》の歓心は得られないかと」

「そんなことはいい」

「では、わたくしが代わりに狩りましょうか?」

彼女はそう言って槍に手をかけ、短くリヒトに耳打ちをする。

彼女が何を言ったのかはわからないが、短い沈黙の後、リヒトは、舌打ちをひとつ。

「いいだろう……離せ」

と、ブリュンヒルデを遠ざけ、何も言わずにふたりに背を向けた。

リヒトの背には横一文字の浅い傷がある。『黄金なす痛み《ヴィグネスタ》』が刻んだその傷は、心臓の鼓動に合わせるように黄金の粒子を散らしていた。

リヒトは去り、場には紫水晶のワルキューレ、そして遙希と氷夜香が残される。

遙希には、自分がつけたリヒトの傷が、どうしても気になってしまう。

「なあ、あいつの背中の傷ってさ」

「ヘルギ様、あなたの記憶は語られませんか……失礼ですが、あなた様の武器が『黄金なす痛み』と呼ばれるその所以《ゆえん》くらいは、ご自身で探求されるが良いかと。どちらにしろ……」

ブリュンヒルデは、兜を脱ぐ。

兜からは黒い、黒曜石の滝のような髪が流れ、垂れる。

影の印象さえ曖昧になりそうな白い肌に赤い唇、切れ長の目蓋。

眩いばかりに闇を感じさせる、凄絶なまでの美女が姿を現す。

遙希は知っている。正しくは、ヘルギの記憶が、彼女が誰かを知っていた。

彼女こそ全知なるオーディンの実の娘にして、全ての戦女神を率いる勇ましき戦いの女神。后であるグズルーンを差し置いて、ジークフリートの永遠の恋人とされるワルキューレ。

彼女は、濡れたような眼差しで遙希を舐めるように眺め、ふと微笑《わら》う。

「そうですね、どちらにしろ、しばらくの間、わたしの愛しい人があなた様と剣を交えることはないでしょう。これからはむしろ、我が父上の気まぐれにこそ、ご注意あそばれるのがよろしいかと。それからシグルーン、フェンサリル宮の女神フリッグ様から伝言です」

彼女は歩み来て、いたずらをするような流し目で遙希を一瞥《いちべつ》した後で、シグルーンの横顔、遙希とは反対側の耳に耳打ちをする。

「此度の生は百余年ぶりの邂逅《かいこう》、努《ゆめ》、お離しなさるな。とのことです」

その言葉は、当然遙希には聞こえようはずもなく。

髪をなびかせ背を向けた女神は、呆然とする氷夜香と、ただただ不思議に思う遙希を残し、いつかのフルンドたちのように、現れたオーロラの中へと歩み去ったのだった。

†

ただ無言で、しばし。

大きなトネリコの木の前で、ふたりは見つめ合う。

「……えっと。ただいま」

「おかえりなさいませ、ヘルギ様。……あ、これを」

氷夜香は、槍を遙希に差し出す、遙希はそれを受け取ると、

「おつかれさま、だ」

と、『黄金なす痛み《ヴィグネスタ》』と共に足下の地面に落とした。

剣と槍は吸い込まれるように地面に消える。

それと同時に、氷夜香の身体で光がはじけ、彼女自身の姿もワルキューレの戦装束から、北高の制服へと移ろい戻る。

氷夜香は、激しい戦いで跳ねてしまった髪をそっと手でなでつける。恥ずかしそうに、それでも目を離したくないのか、彼女は、じっと遙希のことを見つめている。

遙希も氷夜香を見つめている。

鳶色の瞳の上で長い睫が揺れるのを見ながら、自分がこの綺麗な女の子のために……そし

て、この女の子を誰にも渡したくないという自分の想いのために、世界を敵に回すと決めた、その事実を噛みしめていた。

わきあがるのは、愛しいという想い。

そして、共に剣と槍を並べて戦ったことへのわずかな高揚感と、また危ない目に逢わせてしまったという後悔。

「ごめん」

彼女は頭を小さく左右に振り。

「いえ」

とちいさくうなずいた。

その汚れた頬の砂埃をぬぐおうと手を伸ばしかけた遙希は、自分がしようとしていることの恥ずかしさに戸惑い、思わず手を止めてしまう。なんとなく行き場を失った手のやり場に困って、意味もなくズボンでふいてごまかしてみた。

「えっと……」

ぷ、と氷夜香が吹き出す。

「なに？」

ちいさく「かわいい」と聞こえた気がするのだけれど、気のせいだろうか？

氷夜香は「なんでもありません」と答え、

「ヘルギ様のこと、遙希様、と呼んでも良いですか?」

と、問いかけてきた。

「え?」

なんかすごいことを言われた気がする。

「だ、ダメだって! そんなの!」

「どうしてですか?」

「だ、だって」

歳上の女の子に『遙希様』だなんて……。

学校とかで、絶対に、倒錯《とうさく》した関係って思われるし、

「イヤですか?」

「イヤじゃないけど……氷夜香先輩、絶対わかってやってるよな」

「遙希様」

正面からそんなことを言われて、どきっとする。

お返しをしてやろうと思って、

「ルーン」

と呼んでみたら、なんだか遙希自身が顔から火を噴きそうな事態に陥って、その上。

「はい、わたしの遙希様」

なんて、幸せそうに返事されてしまう。

「……ヘルギ様でいい。そっちのほうが聞き慣れてるし。なんというかさ、遙希様はこっぱずかしすぎてダメだ。あとみんなの前では、〝様〟はＮＧな」

「じゃあ、遙希くん、で」

それはそれで男性陣に殺されそうな気がするが、これはまあ幸福税というやつだろう。

「じゃあそれでたのむよ……」

「はい」

はぁ、と肩で息を吐《つ》く。

その様子を見て、ふたたびクスリ、と微笑んだ氷夜香は、

「不思議ですね」

と、そう切り出した。

「何度も生まれ変わって、何度も繰り返しているのに、こんなに胸が高鳴るなんて」

「ああ、オレもそう思う」

「まるで初恋のようだと、シグルーンは、そう思います」

「だよな」

遙希は首肯する。

「多分さ……生まれ変わる醍醐味っていうのは、きっとここにあるんじゃないかって思う」

「ですね」

ふたりは微笑みあう。

彼女は……遙希だけの戦女神《ワルキューレ》は、言う。

「さあ、ヘルギ様」

手をさしのべて。

「この世界で、もう一度恋をしましょう」

誰も聞いている人などいないのに、これは二人だけの秘密の宝物だとでもいうように、そっとささやく。

満たされていると感じる。

これからのことを考えると気が遠くなるけれど、それでもシグルーンの……氷夜香の笑顔を間近で見続けるためならば、何度でもオーディンの手を逃れ、何度でも魔王になってやろうと、そう思えるのだ。

エピローグ／新しい……イロイロ

「おはようございます、遙希様《はるき》」

「ぶっ！」

盛大に吹き出さざるを得ない。

玄関を開けたらものすごい美人さんが立ってた、とか言うと、なんだか漫画か小説っぽいけれど、困ったことに、普通に事実だった。

「えっと、氷夜香《ひよか》さん？」

「はい。学校でお会いするのを待ちきれなくて、ついこちらまで来てしまいました」

「や、ちょっと待てルーン！　家の方向真逆じゃんかさ！」

いきなり呼び方が混ざる。

「ご迷惑でしたか？」

いや、迷惑ということはないが、『門叶《とが》家の玄関前に太陽の髪色をした超美人さんが立ってるのよ』なんてことになったら、それこそご町内の噂になるのは必至だ。

もちろん、妹の星冠《てぃあら》さんなんぞに知られた日には……。

「がー!?　あににぃに彼女!?」

見つかった。

「……いや、そのだなてぃあら」

「こいびとさん⁉」

「はい、恋人です」

氷夜香即答、回避失敗。

「背羽《せわ》氷夜香です。よろしくお願いします」

「ちょっとまって～。うーうー。ほしか的にはあににぃのお嫁さんは、ほしかなのですだー」

「おい待て」

「でも、つむねぇがお嫁さんで、ほしかは二号でもいいとかー」

「二号ってなんだ、どこでおぼえてきた小学生」

「それが、ここにきて正妻⁉　しかもすっごいきれー！　なんでなんで⁉　お、乙姫様⁉」

「……なんだよ乙姫様って」

「竜宮城！」

それは知ってます。

「け、けっこんは⁉」

「します」

「即答⁉」

「ほしかのお姉ちゃんに！」

「なりますよ」

もう遙希にはついていけない、ゴッドスピードの世界だった。

「だから今日から門叶氷夜香でだいじょうぶです。よろしく、てぃあらちゃん」

「うー、ほしかーっ！」

「その結婚まったーっ！」

乱入者、現る！

「あー、おはよーだ、あわわー」

なんというか、もう遙希的にはどうにでもしてよ、という感じだ。

「なっ！　遙希があわわって呼んだ!?　だから十一月三日は、あわわ超記念日制定！　……じゃなくて背羽先輩！　なんですっぽり彼女ポジにおさまってるんですか！　まあいいです。彼女はあげますから、お嫁さんはわたしですっ」

「は？　なに言ってるのさ、つむぎ」

氷夜香よりも先に、思わず遙希が突っ込んでしまう。

「出遅れたっ！」

「なにがだよ」

もう、なにがなんだかわからないので、とにかくつむぎに話したいようにさせることにした。

「ハルキ攻防戦〜！　いいかねっ門叶遥希くんっ！」

「お、おう……」

「今日からキミはモテモテだ！」

「は？」

「氷夜香先輩とわたくし、はっぽーさんちのつむぎさんと、ずうっと両手に咲く美少女の花っ、で過ごすのです！　呪われて死ねリア充！　だが、勝つのはわたしだっ」

「いやまていやまて、話が見えない。どういうこと、氷夜香さん」

助けを求めて氷夜香を見たら、にっこり笑って。

「がんばってくださいね。あまり鈍感だとわたしも愛想をつかしますから」

なんて言われた。

「どういうことだよっ!?」

「こういうことだよっ！」

つむぎの唇が、遥希の唇をふさぐ。

電光石火のキスだった。ややあって離れたつむぎは、真っ赤になって、うつむいて。

でもって。

「だ、大好きっ！　ばかっ！」

そんなことをのたもうた。

不意打ちも甚《はなは》だしいとは、まさにこのことだった。

氷夜香は青筋、つむぎは真っ赤、星冠はアホのように黄色い歓声をあげていて、三人そろって遙希の混乱を埋めてくれそうにはない。

ふとお向かいの家を見たら、低い塀の向こう側から、つむぎ母がめっちゃ出歯亀《ピーピング》ぶっこいていたのでたすけてーとサインを送ってみる……。

「せいしゅんねー」

「うるせぇっ！」

†

「ねえトーガ、きみはどうしてここでボクのミルクをすすっているのかな」

「誤解を受ける表現するんじゃねーよ！　これはオレのミルクだ」

「残念ながら、それは否だね、代金が支払われていない以上、それはボクのものだよ」

「スマン」

新字の手に百円を手渡す。

「確かに。それでトーガ、どうしてきみは、こんな『KEEP OUT《立ち入り禁止》』のテープで封鎖された、屋上出口の踊り場にいるのかな？」

「逃げてんだよ、わかるだろ？」

ミルクちゅー。

「念願の、女の子の、女の子の手による、トーガのためのお弁当生活じゃないか、なにを困る必要があるんだい？　それとも、全学のマドンナ背羽氷夜香先輩と、学年のアイドル発泡つむぎ嬢の手作りお弁当に文句があるとでもいうのかな？　ボクはゲイだからどうとも思わないけれど、教室にふたりを待たせてるとか、全校から恨まれるだけじゃなくてリアル殺人劇が起きてもおかしくない事態だと思うね」

「ゲイなのか？」

「まさか」

さわやかに、どこまでもさわやかに笑みを浮かべる山向こうの御曹司。

「ともあれ、その表情を見る限りわかることもあるよ」

「なんだよ」

「うん。トーガは、あんまり幸せすぎて、それをどう享受《きょうじゅ》していいかわからずに戸惑っているんだろうねってこと」

「あー」

壁に張られた青いビニールシートの向こう、秋なのにシートに負けないくらい青い空を見上げて、思う。

たぶん新字の言うことは正しいのだろう。

†

帰り道はひとりでのんびりと。

正しくは六時限目をさぼってるのだけど、さすがに氷夜香もつむぎも授業をサボるわけにはいかないというわけで、こうして遙希は、ひとりでゆるり帰り道を満喫している。

天気も良い、気分も悪くない。

こういうときは、遠回りでも田舎道が良い。

鞄の中には、いつもの体操服の代わりに、ふたりから受け取ったお弁当が鎮座《ちんざ》している。

そんなわけで、どこか、ふたりのお弁当を腰を落ち着けて食べるために良い場所はないかと、ロケーションを物色しながら歩く。

そうして時間を外せば誰も通らない道を、常緑樹に混じる紅葉樹などをながめながら歩いているうちに、遙希はいつもの神社前へとやってきていた。

「そういえば、今朝もいなかったよな、いばらさん」

美少女二人を連れて、大勢の北高生徒がいる市街地を通る勇気は遙希にはない！　という、なんとも情けない理由で、今朝もこちらのルートを通って登校したわけなのだけど、昨日に引き続き今朝も、箒を持った和風美少女の姿はそこになかった。

「行ってみるかな」

鳥居を見上げながら、はじめて神社の山道に踏み込む。神職のお宅訪問とはいかなかったとしても、家族が仕事でもしていれば事情を聞くことだってできるはずだ。もし誰とも会えなくても、御利益くらいは期待して、賽銭箱に寄付のひとつもして帰ればいい。

「そうすりゃ、境内で弁当食べても怒られたりはしないよな」

山道は、神社のある頂上までおよそ十分。やがて遙希は、左右に狛犬が鎮座ましましている小さな鳥居をくぐり、神社の本殿《ほんでん》前に出た。

「あれ……」

そこにあったのは予想外の風景。

神社はある。ただしそこにあるのは想像とはまったく違うもの。

小さな社と、賽銭箱、傍らの掃除道具入れからはみだした、竹箒やちりとり、そして刺さりっぱなしになった水道のホース。

葉鳴りと虫の鳴き声以外、何の物音もしない寂しい空間。

有り体に言ってみすぼらしい、人の住む場所などあるはずのない、無人の神社だった。

「住んでるのは、別の場所ってことかな」

考えてみれば、住むならふもとだよな、とも思う。

……そのとき、人の足音がした。

振り向けば、小さな鳥居の下に、いつもどおり隣町の高校のセーラー服を着て、なぜか手に薙刀《なぎなた》らしきものだけを持ったいばらの姿があった。

風邪なんかじゃなくてよかったと、ほっとして一歩を踏み出そうとした、その時だった。

「あ、あなたのお弁当、わたくしが作りますから！」

いばらの叫び声に、思わず足を止め。

「は？」

と間抜けな声を出してしまう。

それが、いつものように「お弁当作って」と言い続けてきた遙希への返答だと思い至り。

「え、え？　ええ!?」

思いっきり思考停止の体になってしまう遙希。

「だって、絶対イヤだって言ってたじゃないか……」

「けれども、その前に！」

「え、なに？　いばらさん聞いてない⁉」

会話が噛み合ってない⁉　と、混乱から脱しきっていない遙希の目の前で、いばらは、薙刀の先端を使い、足下に記号を描く。

「<《カノ》」

彼女がそうつぶやいた瞬間だった。足下から緑色の燐光《りんこう》でできた……さしずめオーロラのようにゆらめく炎が立ち上がり、彼女を包む。

突然のことで呆然とする遙希の目前で、燃え上がるオーロラの炎が衣服を焦がしていき、彼女の身を新たな衣が覆っていく。

やがて炎は消え。

そこに現れたいばらは、巫女のようなスカートをなびかせた戦闘装束を纏っていた。

彼女は、宣言する。

「門叶遙希さん！　あなたがこのわたくし、ワルキューレ〝布瑠人《ふるんど》いばら〟の英雄にふさわしいかどうか。そしてこの胸の高鳴りが本物なのか……今、ここで試させていただきます！」

そうして、いばら……いや、フルンドは、遙希に薙刀の先端を突きつけたのだった。

極光のロマンティア　〈了〉

あとがき

つむぎは神話オタクですが、素人ですので間違ったことも言います（挨拶）

今回は北欧神話っていうか……ワルキューレがテーマです。

そうです、みなさん！　ワルキューレですよ！　ワルキューレ！

手には槍と盾、オーロラの輝きを放つ鎧をまとい、天駆ける馬にまたがって大空を行くのは、英雄様に恋しちゃう、戦う美少女で女神様！

ヴァルキリーでもヴァルキュリアでもかまいませんが、いわゆる戦乙女とか戦女神とかっていう北欧神話の戦う女の子たち。

この物語は、そんな彼女たちの、ピュア（?）でラブラブ（?）な、恋物語なわけです。

バトルあります、学校とか行きます、恋のさや当てとかももちろんあります。

つまり何が言いたいかというと、美少女が学園でバトルでラブコメなわけです。北欧神話とかいうお堅い響きに騙されずに、おせんべいとかポテチとか、むつむつしながらゴロ寝で読んでいただくことすいしょーなわけですヨ♪

はじめまして、物語を書くのが好きな人を職業にしてます、寺田とものりと申します。

ほんのちょっと歳上なヒロインが好きなわけです。

妹属性や幼なじみ属性、娘属性も大好きですが、やはり、「先輩♪」っていう響き（言われる方じゃなくて言う方）に憧れるわけです。

なぜならばっ！　先輩にはおっぱ……おっとっと後書きの紙幅が尽きてしまったようですなあハッハッハ（棒読み）！　仕方ないので先輩トークの続きは後日ということにして、ここからは、各方面へのお礼などさせていただきますネ！

まずは、イラストのみよしの様、少ない時間の中、あれこれ無茶な注文を聞いていただき、ありがとうございます。氷夜香のワルキューレ装束はもちろん超可憐でお美しいですが、なによりつむぎ《ビール》の可愛さにノックアウトですよせんせー！

つぎに、山田五郎にそっくり！　編集の小柴さんにもアレコレ感謝！

そしてなにより、最高の感謝はこの本を手にして下さったあなたにっ！　この物語が、すこしでもあなたの心に響いたのなら、それがなによりも嬉しく思えます。

そんなわけで……それでは、またどこかで〜♪

寺田とものり

日本國有鉄道公安隊
鉄道公安隊のモットーは……
強く
正しく
親切に
國鉄が分割民営化されずに
存続した未来のパラレルストーリー☆
20** 年、國鉄では発達した独立の警察組織を持ち、
日々犯罪組織との戦いが繰り広げられていた。
主人公の高山直人はもっとも危険な「鉄道公安隊」
に研修へ行くことになったのだが…！
定価 630 円（税込）

RAIL WARS!
レールウォーズ!
【著者】豊田 巧
【イラスト】バーニア600
DF51 1102
北斗星
夢の
鉄道パラダイス
エンタテインメント
シリーズ化決定!
第1巻・第2巻
全国の書店にて好評発売中!

極光のロマンティア

「さあ、もう一度恋をしましょう」と、
戦乙女はささやいた

2012年9月1日　第1刷発行

著　者 ―――― 寺田とものり
イラスト ―――― みよしの
編集人 ―――― 山本 洋之
編集協力 ―――― 小柴 真道
企画・制作 ―――― 株式会社 グラウンドネット
発行人 ―――― 吉木 稔朗
発行所 ―――― 株式会社 創芸社
〒150-0031 東京都渋谷区桜丘町2番9号 第1カスヤビル5F
電話：03-6416-5941　FAX：03-6416-5985
カバーデザイン ―― 萩原 夏弥
D T P ―――― 蒲澤 宏和
印刷所 ―――― 株式会社 エス・アイ・ピー

ISBN978-4-88144-166-4 C0193